AF403914

ENTRETIENS

SUR

LA PLURALITÉ

DES

MONDES.

Par M. DE FONTENELLE,

De l'Academie Françoise.

Nouvelle Edition augmentée,

A LONDRES,

Aux dépens de PAUL & ISAAK VAIL-
LANT, Marchands Libraires, chez qui
l'on trouve un assortiment general de
toute sorte de Musique.

M. DCC. XIV.

PREFACE.

JE suis à peu prés dans le même cas où se trouva Ciceron, lors qu'il entreprit de mettre en sa Langue des Matieres de Philosophie, qui jusques-là n'avoient été traitées qu'en Grec. Il nous aprend qu'on disoit, que ses Ouvrages seroient fort inutiles, parce que ceux qui aimoient la Philosophie, s'étant bien donné la peine de la chercher dans les Livres Grecs, négligeroient aprés cela de la voir dans des Livres Latins, qui ne seroient pas Originaux, & que ceux qui n'avoient pas de goût pour la Philosophie ne se soucioient de la voir ni en Latin ni en Grec.

A cela il répond qu'il arriveroit tout le contraire ; que ceux qui n'étoient pas Philosophes, seroient tentez de le devenir par la facilité de lire les Livres Latins ; & que ceux qui l'étoient déja par la lecture des Livres Grecs, seroient bien aises de voir comment ces choses — là avoient été maniées en Latin.

Ciceron avoit raison de parler ainsi. L'excélence de son genie, & la grande réputation qu'il avoit déja acquise, lui garantissoient le succés de cette nouvelle sorte d'Ouvrage qu'il donnoit au Public ; mais moi, je suis bien éloigné d'avoir les mêmes sujets de confiance dans une entreprise presque pareille à la sienne. J'ai voulu traiter la Philosophie d'une maniere qui ne fût point Philosophique ; j'ai tâché de l'amener à un point, où elle ne fût ni trop seche pour les Gens du monde, ni trop badine pour les Savans ; mais si on me

PREFACE.

dit à peu près comme à Ciceron, qu'un pareil Ouvrage n'est propre ni aux Sçavans, qui n'y peuvent rien aprendre, ni aux gens du Monde, qui n'auront point d'envie d'y rien aprendre, je n'ai garde de répondre ce qu'il répondit. Il se peut bien faire qu'en cherchant un milieu où la Philosophie convînt à tout le monde, j'en aye trouvé un où elle ne convionne à personne ; les milieux sont trop difficiles à tenir, & je ne crois pas qu'il me prenne envie de me mettre une seconde fois dans la même peine.

Je dois avertir ceux qui liront ce Livre, & qui ont quelque connoissance de la Physique, que je n'ai point du tout prétendu les instruire, mais seulement les divertir, en leur présentant d'une manière un peu plus agreable & plus gaye, ce qu'ils sçavent déja plus solidement, & j'avertis ceux à qui ces Matieres sont nouvelles, que j'ai crû les pouvoir instruire & les divertir tout ensemble. Les premiers iront contre mon intention, s'ils cherchent ici de l'utilité, & les seconds, s'ils n'y cherchent que de l'agrément.

Je ne m'amuserai point à dire que j'ai choisi dans toute la Philosophie la matiere la plus capable de piquer la curiosité. Il semble que rien ne devroit nous interesser davantage, que de sçavoir comment est fait ce Monde que nous habitons, s'il y a d'autres Mondes semblables, & qui soient habitez aussi ; mais après tout, s'inquiete de tout cela qui veut. Ceux qui ont des pensées à perdre, les peuvent perdre sur ces sortes de sujets, mais tout le monde n'est pas en état de faire cette dépense inutile.

J'ai mis dans ces Entretiens une Femme que l'on instruit, & qui n'a jamais oüi parler de ces choses-là. J'ai crû que cette fiction me serviroit, & à rendre l'Ouvrage plus susceptible d'agré-

PREFACE.

ment, & à encourager les Dames par l'exemple
d'une Femme, qui ne sortant jamais des bornes
d'une personne qui n'a nulle teinture de science,
ne laisse pas d'entendre ce qu'on lui dit, & de
ranger dans sa tête sans confusion les Tourbillons
& les Mondes. Pourquoi y auroit-il des femmes
qui cedassent à cette Marquise imaginaire, qui ne
conçoit que ce qu'elle ne peut se dispenser de conce-
voir ?

A la verité elle s'aplique un peu, mais qu'est-ce
ici que s'apliquer ? Ce n'est pas pénétrer à force de
méditation une chose obscure d'elle-même, ou expliquée obscurément, c'est seulement ne point lire sans
se represcnter nettement ce qu'on lit. Je ne demande aux Dames pour tout ce Sistême de Philosophie,
que la même aplication qu'il faut donner à la Princesse de Cleves, si on veut en suivre bien l'intrigue,
& en connoître toute la beauté. Il est vrai que les
idées de ce Livre-ci sont moins familieres à la pû-
part des femmes que celles de la Princesse de Cleves,
mais elles n'en sont pas plus obscures, & je suis sûr
qu'à une seconde lecture tout au plus, il ne leur en
sera rien échapé.

Comme je n'ai pas prétendu faire un Sistême en
l'air, & qui n'eût aucun fondement, j'ai employé de
vrais raisonnemens de Physique, & j'en ai employé
autant qu'il a été nécessaire. Mais il se trouve heureusement dans ce sujet que les idées de Phisique y sont
riantes d'elles-mêmes, & que dans le même tems
qu'elles contentent la raison, elles donnent à l'imagination un spectacle qui lui plaît autant que s'il étoit
fait exprés pour elle.

Quand j'ai trouvé quelques morceaux qui n'é-
toient pas tout-à-fait de cette espece, je leur ai donné
des ornemens étrangers. Virgile en a usé ainsi dans
ses Georgiques, où il sauve le fond de sa matiere, qui est tout-à-fait séche, par des digressions

A iij

frequentes & souvent fort agréab'es. Ovide même
en a fait autant dans l'Art d'aimer, quoique le
fond de sa matiere fût infiniment plus agréable
que tout ce qu'il y pouvoit mêler. Aparemment il
a crû qu'il étoit ennuyeux de parler toûjours d'u-
ne même chose, fût-ce de galanterie. Pour moi,
qui avois plus de besoin que lui du secours des
digreßions, je ne m'en suis pourtant servi qu'avec
aßez de ménagement. Je les ai autorisées, par la
liberté naturelle de la Conversation, je ne les ai
placées que dans des endroits où j'ai crû qu'on seroit bien aise de les trouver ; j'en ai mis la plus
grande partie dans les commencemens de l'Ouvrage, parce qu'alors l'esprit n'est pas encore aßez ac-
coûtumé aux Idées principales que je lui offre ; enfin je les ai prises dans mon sujet même, ou aß-
sez proche de mon sujet.

Je n'ai rien voulu imaginer sur les Habitans
des Mondes, qui fut entierement impoßible & chimerique. J'ai tâché de dire tout ce qu'on en pouvoit penser raisonnablement, & les visions même
que j'ai ajoûtées à cela ont quelque fondement
réel. Le vrai & le faux sont mêlez ici, mais ils
y sont toûjours aisez à distinguer. Je n'entreprens
point de justifier un composé si bizarre, c'est là le
point le plus important de cet Ouvrage, & c'est
cela justement dont je ne puis rendre raison.

Il ne me reste plus dans cette Préface qu'à parler à une sorte de personnes, mais ce seront peut-
être les plus difficiles à contenter, non que l'on
n'ait à leur donner de fort bonnes raisons, mais
parce qu'il semble qu'ils ne se payent pas, s'ils ne
veulent, de toutes les raisons qui sont bonnes. Ce
sont les Gens scrupuleux, qui pourront s'imaginer
qu'il y a du danger par raport à la Religion, à
mettre des Habitans ailleurs que sur la Terre. Je
respecte jusqu'aux délicatesses excessives que l'on a

PREFACE.

par le fait de la Religion, & celle-là même je
l'aurois respectée au point de ne la vouloir pas
choquer dans cet Ouvrage, si elle étoit contraire
à l'opinion que j'ai prise : mais ce qui va peut-
être vous paroître surprenant, elle ne regarde pas
seulement ce Sistême, où je remplis d'Habitans
une infinité de mondes. Il ne faut que démêler
une petite erreur d'imagination. Quand on vous
dit que la Lune est habitée, vous vous y representez aussi-tôt des hommes faits comme nous, &
puis, si vous êtes un peu Théologien, vous voilà
plein de difficultez. La postérité d'Adam n'a pas
pû s'étendre jusque dans la Lune, ni envoyer des
Colonies en ce Païs-là. Les hommes qui sont dans la
Lune ne sont donc pas fils d'Adam. Or il seroit
embarassant dans la Théologie, qu'il y eût des hommes qui ne descendissent pas de lui. Il n'est pas
besoin d'en dire davantage, toutes les difficultez
imaginables se réduisent à cela, & les termes
qu'il faudroit employer dans une plus longue ex-
plication sont trop dignes de respect pour être mis
dans un Livre aussi peu grave que celui-ci. L'objection roule donc toute entiere sur les hommes de
la Lune, mais ce sont ceux qui la sont, qui mettent des hommes dans la Lune : moi, je n'y en
mets point. J'y mets des habitans qui ne sont point
du tout des hommes. Que sont-ils donc ? Je ne les
ai point vûs, ce n'est pas pour les avoir vûs que
j'en parle. Et ne soupçonnez pas que ce soit une défai-
te dont je me serve que pour éluder vôtre objection
que de dire qu'il n'y a point d'hommes dans la
Lune, vous verrez qu'il est impossible qu'il y en ait
selon l'idée que j'ai de la diversité infinie que la Nature doit avoir mise dans ses Ouvrages. Cette idée
régne dans tout le Livre, & elle ne peut être con-
testée d'aucun Philosophe. Ainsi je croi que je n'en-
tendrai faire cette objection qu'à ceux qui parle-

A iiij

vent de ces Entretiens sans les avoir lûs : Mais est
un sujet de me rassûrer ? Non c'en est un au contraire
très légitime de craindre que l'objection ne me soit faite
de bien des endroits.

On trouvera dans cette nouvelle Edition, outre
quelques augmentations semées dans le corps du Livre,
un nouvel Entretien où j'ai ramassé des raisonnement,
que je n'avois pas employez dans les autres Entretiens,
& les dernieres Découvertes qui ont été faites dans le
Ciel, dont quelques-unes n'ont pas même encore été
publiées.

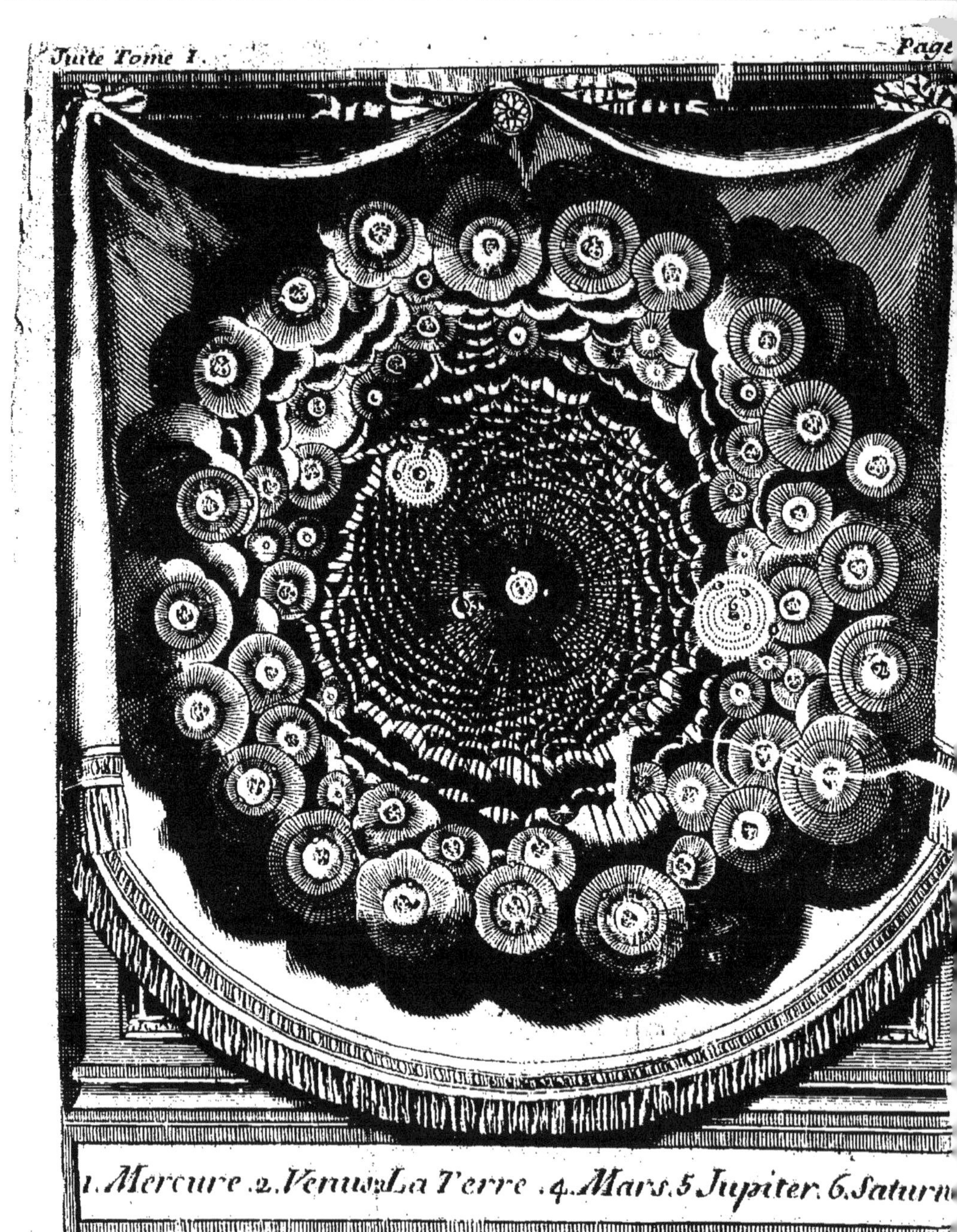

1. Mercure . 2. Venus . La Terre . 4. Mars . 5. Jupiter . 6. Saturn

ENTRETIENS
SUR
LA PLURALITÉ
DES MONDES.
A
*MONSIEUR L****

VOus voulez, Monſieur, que je vous rende un compte exact de la maniere dont j'ai paſſé mon tems à la Campagne, chez Madame la Marquiſe de G***. Sçavez-vous bien que ce compte exact ſera un Livre, & ce qu'il y a de pis, un Livre de Philoſophie. Vous vous attendez à des Fêtes, à des parties de Jeu ou de Chaſſe, & vous aurez des Planettes, des Mondes, des Tourbillons; il n'a preſque été queſtion que de ces choſes-là. Heureuſement vous êtes Philoſophe, & vous ne vous en moquerez pas tant qu'un autre. Peut-être même ſerez-vous bien aiſe que j'aye attiré Madame la Marquiſe dans le parti de la Philoſophie. Nous ne pouvions faire une acquiſition plus conſidérable; car je compte que la beauté & la jeuneſſe ſont toûjours des choſes d'un grand prix. Ne croyez-vous pas

A v

que si la Sagesse elle-même vouloit se pre-
senter aux hommes avec succez, elle ne feroit point mal de paroître sous une figure
qui aprochât un peu de celle de la Marquise ? Sur tout si elle pouvoit avoir dans
sa conversation les mêmes agrémens . je suis
persuadé que tout le monde courroit après
la Sagesse. Ne vous attendez pourtant pas
à entendre des merveilles, quand je vous
ferai le recit des Entretiens que j'ai eus avec
cette Dame ; il faudroit presque avoir autant d'esprit qu'elle en a, pour repeter ce
qu'elle a dit, de la maniere dont elle l'a
dit. Vous lui verrez seulement cette vivacité d'intelligence que vous lui connoissez.
Pour moi, je la tiens sçavante à cause de
l'extrême facilité qu'elle auroit à le devenir. Qu'est-ce qui lui manque ? D'avoir ou-
vert les yeux sur des Livres ; cela n'est rien,
& bien des gens l'ont fait toute leur vie,
à qui je refuserois, si j'osois, le nom de Sçavans. Au reste, Monsieur, vous m'aurez une
obligation. Je sçai bien qu'avant que d'entrer dans le détail des Conversations que
j'ai eües avec la Marquise, je serois en droit
de vous décrire le Château où elle étoit allée passer l'Automne ; on a souvent décrit
des Châteaux pour de moindres occasions ;
mais je vous ferai grace sur cela. Il suffit
que vous sçachiez que quand j'arrivai chez
elle, je n'y trouvai point de Compagnie, &
que j'en fus fort aise. Les deux premiers jours
n'eurent rien de remarquable ; ils se passe-
rent à épuiser les Nouvelles de Paris d'où
je venois ; mais ensuite vinrent ces Entretiens dont je veux vous faire part. Je vous les
diviserai par Soirs, parce qu'effectivement
nous n'eûmes de ces Entretiens que les Soirs.

PREMIER SOIR.

Que la Terre est une Planete qui tourne sur elle-même, & autour du Soleil.

NOus allâmes donc un Soir aprés soupé, nous promener dans le Parc. Il faisoit un frais délicieux, qui nous récompensoit d'une journée fort chaude que nous avions essuyée. La Lune étoit levée, il y avoit peut-être une heure, & ses rayons qui ne venoient à nous qu'entre les branches des arbres, faisoient un agréable mélange d'un blanc fort vif, avec tout ce verd qui paroissoit noir. Il n'y avoit pas un nuage qui dérobât, ou qui obscurcît la moindre Etoile : elles étoient toutes d'un or pur & éclatant, & qui étoit encore relevé par le fond bleu où elles sont attachées. Ce spectacle me fit rêver, & peut-être sans la Marquise eussai-je rêvé assez long-tems ; mais la presence d'une si aimable Dame ne me permit pas de m'abandonner à la Lune & aux Etoiles. Ne trouvez-vous pas, lui dis-je, que le jour même n'est pas si beau qu'une belle nuit ? Oüi, me répondit-elle, la beauté du jour est comme une Beauté blonde, qui a plus de brillant ; mais la beauté de la nuit est une Beauté brune qui est plus touchante. Vous êtes bien genereuse, repris-je de donner cet avantage aux Brunes, vous qui ne l'êtes pas. Il est pourtant vrai que le jour est ce qu'il y a de plus beau dans la Nature, & que les Heroïnes de Ro-

A vj

man, qui font ce qu'il y a de plus beau dans
l'imagination ; font prefque toûjours blondes. Ce n'eft rien que la beauté, repliqua-
t'elle, fi elle ne touche. Avoüez que le jour
ne vous eût jamais jetté dans une rêverie auffi
douce que celle où je vous ai vû prêt de tomber tout à l'heure à la vûë de cette belle
nuit. J'en conviens, répondis-je ; mais en
récompenfe, une Blonde comme vous me
feroit encore mieux rêver que la plus belle nuit du monde, avec toute fa beauté brune. Quand cela feroit vrai, repliqua t'elle,
je ne m'en contenterois pas. Je voudrois que
le jour, puifque les Blondes doivent être
dans fes interêts, fit auffi le même effet.
Pourquoi les Amans, qui font bons Juges
de ce qui touche, ne s'adreffent-ils jamais
qu'à la nuit dans toutes les chanfons & dans
toutes les Elegies que je connois? Il faut bien
que la nuit ait leurs remercimens, lui dis-je.
Mais reprit-elle, elle a auffi toutes leurs
plaintes. Le jour ne s'attire point leurs confi-
dences ; d'où cela vient-il ? C'eft aparemment, répondis-je qu'il n'infpire point je
ne fçai quoi de trifte & de paffionné. Il
femble pendant la nuit que tout foit en repos.
On s'imagine que les Etoiles marchent avec
plus de filence que le Soleil : les objets que le
Ciel prefente font plus doux : la vûë s'y arrête
plus aifément : enfin on en rêve mieux, parce
qu'on fe flate d'être alors dans toute la Nature la feule perfonne occupée à rêver. Peut-
être auffi que le fpeĉtacle du jour eft trop
uniforme, ce n'eft qu'un Soleil, & une voûte bleuë, mais il fe peut que la vûë de tou-
es ces Etoiles femées confufément, & dif-
pofées au hazard en mille figures differentes,
favorife la rêverie, & un certain defordre

de pensées où l'on ne tombe point sans plaisir. J'ai toûjours senti ce que vous me dites,
reprit elle, j'aime les Etoiles, & je me plaindrois volontiers du Soleil qui nous les efface.
Ah ! m'écriai-je, je ne puis lui pardonner
de me faire perdre de vûë tous ces Mondes.
Qu'apellez-vous tous ces Mondes, me dit-
elle en me regardant, & en se tournant vers
moi ? Je vous demande pardon, répondis-je.
Vous m'avez mis sur ma folie, & aussi-tôt
mon imagination s'est échapée. Qu'elle est
donc cette folie, reprit-elle ? Helas, repliquai-je, je suis bien fâché qu'il faille vous
l'avoüer ; je me suis mis dans la tête que chaque Etoile pouroit bien être un Monde. Je
ne jurerois pourtant pas que cela fût vrai,
mais je le tiens pour vrai, parce qu'il me fait
plaisir à croire. C'est une idée qui me ré-
joüit, & qui s'est placée dans mon esprit d'u-
ne maniere riante. Selon moi, il n'y a pas
jusqu'aux Veritez à qui l'agrément ne soit
nécessaire. Et bien, reprit-elle, puisque vôtre folie est si réjoüissante, donnez-la moi :
je croirai sur les Etoiles tout ce qu'il vous
plaira, pourvû que j'y trouve du plaisir. Ah !
Madame, répondis-je bien vite, ce n'est pas
un plaisir comme celui que vous auriez à une
Comedie de Moliere ; c'en est un qui est je
ne sçai ou dans la raison, & qui ne fait rire
que l'esprit. Quoi donc, reprit-elle, croyez-
vous qu'on soit incapable des plaisirs qui ne
sont que dans la raison ? Je veux tout à l'heure
vous faire voir le contraire, aprenez-moi vos
Etoiles. Non, repliquai-je, il ne me sera
point reproché que dans un Bois, à dix heures du Soir, j'aye parlé de Philosophie à la
plus aimable personne que je connoisse. Cher-
chez ailleurs vos Philosophes.

J'eus beau me défendre encore quelque
tems fur ce ton-là ; il falut ceder. Je lui fis
du moins promettre , pour mon honneur,
qu'elle me garderoit le fecret ; & quand je
fus hors d'état de m'en pouvoir dédire , & que
je voulus parler , je vis que je ne fçavois par
où commencer mon difcours : car à une perfonne comme elle qui ne fçavoit rien en
matiere de Phyfique , il faloit prendre les
chofes de bien loin, pour lui prouver que
la Terre pouvoit être une Planete, les Planetes autant de Terres , & toutes les Etoiles autant de Soleils qui éclairoient des
Mondes. J'en revenois toûjours à lui dire
qu'il auroit mieux valu s'entretenir de ba-
gatelles, comme toutes perfonnes raifonna-
bles auroient fait en nôtre place. A la fin
cependant , pour lui donner une idée generale de la Philofophie ; voici par où je
commençai.

Toute la Philofophie , lui dis-je , n'eft
fondée que fur deux chofes , fur ce qu'on a
l'efprit curieux , & les yeux mauvais ; car fi
vous aviez les yeux meilleurs que vous ne
les avez , vous verriez bien fi les Etoiles
font des Soleils qui éclairent autant de
Mondes, ou fi elles n'en font pas ; & d'un
autre côté , fi vous étiez moins curieufe,
vous ne vous foucieriez pas de le fçavoir,
ce qui reviendroit au même ; mais on veut
fçavoir plus qu'on ne voit : c'eft là la difficulté. Encore fi ce qu'on voit, on le voyoit
bien , ce feroit toûjours autant de connu ;
mais on le voit tout autrement qu'il n'eft.
Ainfi les vrais Philofophes paffent leur vie
à ne point croire ce qu'ils voyent, & à tâ-
cher de deviner ce qu'ils ne voyent point ,
& cette condition n'eft pas, ce me femble,

trop à envier. Sur cela je me figure toûjours que la Nature est un grand Spectacle, qui ressemble à celui de l'Opera. Du lieu où vous êtes, à l'Opera, vous ne voyez pas le Theâtre tout-à-fait comme il est ; on a disposé les Décorations & les Machines pour faire de loin un effet agréable, & on cache à vôtre vûë ces rouës & ces contrepoids qui font tous les mouvemens. Aussi ne vous embarassez-vous guere de deviner comment tout cela se jouë. Il n'y a peut-être que quelque Machiniste caché dans le Parterre, qui s'inquiete d'un vol qui lui aura paru extraordinaire, & qui veut absolument démêler comment ce vol a été executé. Vous voyez bien que ce Machiniste-là est assez fait comme les Philosophes. Mais ce qui, à l'égard des Philosophes, augmente la difficulté ; c'est que dans les Machines que la Nature presente à nos yeux, les cordes sont si bien, qu'on a été long-tems à deviner parfaitement bien cachées, & elles le sont ce qui causoit les mouvemens de l'Univers: car representez-vous tous les Sages à l'Opera, ces Pitagores, ces Platons, ces Aristotes, & tous ces Gens, dont le nom fait aujourd'hui tant de bruit à nos Oreilles. Suposons qu'ils voyoient le vol de Phaëton que les Vents enlevent, qu'ils ne pouvoient découvrir les cordes, & qu'ils ne sçavoient point comment le derriere du Theâtre étoit disposé. L'un d'eux disoit : *C'est une certaine Vertu secrete qui enleve Phaëton.* L'autre, *Phaëton est composé de certains nombres qui le font monter.* L'autre, *Phaëton a une certaine amitié pour le haut du Theâtre ; il n'est point à son aise quand il n'y est pas.* L'autre, *Phaëton n'étoit pas fait pour voler ; mais il aime mieux voler que*

de laisser le haut du Theâtre vuide, & cent autres rêveries, que je m'étonne qui n'ayent
perdu de réputation toute l'Antiquité. A la
fin, Descartes, & quelques autres Modernes, sont venus, qui ont dit, *Phaëton, monte,
parce qu'il est tiré par des cordes, & qu'un poids
plus pesant que lui descend.* Ainsi on ne croit
plus qu'un corps se remuë s'il n'est tiré,
ou plûtôt poussé par un autre corps ; on ne
croit plus qu'il monte ou qu'il descende, si
ce n'est par l'effet d'un contrepoids ou d'un
ressort ; & qui verroit la Nature telle qu'elle
est, ne verroit que le derriere du Theâtre
de l'Opera. A ce compte, dit la Marquise,
la Philosophie est devenuë bien mécanique ? Si mécanique, répondis-je, que je
crains qu'on n'en ait bien-tôt honte. On
veut que l'Univers ne soit en grand, que
ce qu'une Montre est en petit, & que tout
s'y conduise par des mouvemens réglez
qui dépendent de l'arrangement des parties.
Avoüez la verité. N'avez-vous point eu
quelquefois une idée plus sublime de l'U-
nivers, & ne lui avez-vous point fait plus
d'honneur qu'il ne méritoit ? J'ai vû des
gens qui l'en estimoient moins, depuis qu'ils
l'avoient connu. Et moi, repliqua-t-elle, je
l'en estime beaucoup plus, depuis que je sçai
qu'il ressemble à une Montre. Il est surpre-
prenant que l'ordre de la Nature, tout admi-
rable qu'il est, ne roule que sur des choses si
simples.

Je ne sçai pas, lui répondis-je, qui vous
a donné des idées si saines ; mais en verité
il n'est pas trop commun de les avoir. Assez de gens ont toûjours dans la tête un
faux Merveilleux, envelopé d'une obscurité qu'ils respectent. Ils n'admirent la Na-

tufe que parce qu'ils la croyent une espece de
Magie où l'on n'entend rien, & il est sûr
qu'une chose est deshonorée auprés d'eux,
dés qu'elle peut être conçûë. Mais, Madame, continuai-je, vous êtes si bien disposée
à entrer dans tout ce que je veux vous dire,
que je croi que je n'ai qu'à tirer le rideau, &
à vous montrer le Monde.

De la Terre où nous sommes, ce que
nous voyons de plus éloigné, c'est ce Ciel
bleu, cette grande voûte où il semble que
les Etoiles sont attachées comme de cloux.
On les apelle fixes, parce qu'elles ne paroissent avoir que le mouvement de leur
Ciel qui les emporte avec soi d'Orient en
Occident Entre la Terre & cette derniere
voûte des Cieux, sont suspendus à difleten-
tes hauteurs, le Soleil, la Lune, & les cinq
autres Astres qu'on apelle des Planettes,
Mercure, Venus, Mars, Jupiter, & Saturne. Ces Planetes n'étant point attachées à
un même Ciel, & ayant des mouvemens
inégaux, elles se regardent diversement, &
figurent diversement ensemble, au lieu que
les Etoiles fixes sont toûjours dans la même
situation les unes à l'égard des autres. Le
Chariot, par exemple, que vous voyez
qui est formé de ces sept Etoiles, a toûjours été fait comme il est, & le sera toûjours ; mais la Lune est tantôt proche du
Soleil, tantôt elle en est éloignée, & il en
va de même des autres Planetes. Voilà comme les choses parurent à ces Anciens Bergers
de Chaldée, dont le grand loisir produisit les
premieres Observations, qui ont été le fondement de l'Astronomie ; car l'Astronomie
est née dans la Chaldée, comme la Geometrie nâquit en Egypte, où les Inondations

du Nil qui confondoient les bornes des
champs, furent cause que chacun voulut
inventer des mesures exactes, pour recon-
noître son champ d'avec celui de son voisin. Ainsi l'Astronomie est fille de l'Oisive-
té, la Geometrie est fille de l'Interêt, &
s'il étoit question de la Poësie, nous trou-
verions aparemment qu'elle est fille de l'A-
mour.

Je suis bien aise, dit la Marquise, d'a-
voir apris cette genealogie des Sciences, &
je vois bien qu'il faut que je m'en tienne à
l'Astronomie. La Geometrie, selon ce que
vous me dites, demanderoit une ame plus
interessée, que je ne l'ai, & la Poësie en
demanderoit une plus tendre, mais j'ai autant de loisir que l'Astronomie en peut demander. Heureusement encore nous sommes
à la campagne & nous y menons quasi une
vie pastorale ; tout cela convient à l'Astronomie. Ne vous y trompez pas, Madame,
repris-je. Ce n'est pas la vraye vie pastorale
que de parler des Planetes, & des Etoiles fixes. Voyez si c'est à cela que les Gens de l'A-
strée passent leur tems. Oh ! répondit-elle,
cette sorte de Bergerie là est trop dangereu-
se. J'aime mieux celle de ces Caldéens dont
vous me parliez. Recommencez un peu, s'il
vous plaît, à me parler Caldéen. Quand on
eût reconnu cette disposition des Cieux que
vous m'avez dite de quoi fût-il question ?
Il fût question repris-je, de deviner comment toutes les parties de l'Univers devoient
être arrangées, & c'est là ce que les Sçavans
apellent faire un Sistême. Mais avant que je
vous explique le premier des Sistêmes, il
faut que vous remarquiez, s'il vous plaît,
que nous sommes tous faits naturellement

comme un certain fou Athenien dont vous
avez entendu parler, qui s'étoit mis dans la
fantaisie, que tous les Vaisseaux qui abor-
doient au Port de Pirée, lui apartenoient.
Nôtre folie à nous autres, est de croire aussi
que toute la Nature sans exception est destinée à nos usages, & quand on demande à nos
Philosophes à quoi sert ce nombre prodigieux d'Etoiles fixes, dont une partie suffi-
roit pour faire ce qu'elles font toutes, ils
vous répondent froidement qu'elles servent
à leur réjoüir la vûë. Sur ce principe on ne
manqua pas d'abord de s'imaginer qu'il faloit que la Terre fût en repos au centre de
l'Univers, tandis que tous les Corps Celestes
qui étoient faits pour elle, prendroient la
peine de tourner alentour pour l'éclairer. Ce
fût donc au dessus de la Terre, qu'on plaça la
Lune ; & au dessus de la Lune, on plaça
Mercure, ensuite Venus, le Soleil, Mars,
Jupiter, Saturne. Au dessus de tout cela
étoit le Ciel des Etoiles fixes. La Terre se
trouvoit justement au milieu des Cercles qui
décrivent ces Planetes, & plus ces Cercles
étoient grands, plus ils étoient éloignez de la
Terre, & par conséquent les Planetes plus
éloignées employoient plus de tems à faire
leurs cours, ce qui effectivement est vrai.
Mais je ne sçai pas, interrompit la Marquise, pourquoi vous n'aprouvez pas cet or-
dre-là dans l'Univers ; il me paroît assez net,
& assez intelligible, & pour moi, je vous
déclare que je m'en contente ? Je puis me
vanter, repliquai-je, que je vous adoucis
bien tout ce Sistême. Si je vous le donnois
tel qu'il a été conçû par Ptolomée son Auteur, ou par ceux qui y ont travaillé aprés
lui, il vous jetteroit dans une épouvente

horrible. Comme les mouvemens des Planetes ne font pas fi régulieres qu'elles n'aillent tantôt plus vite, tantôt plus lentement,
tantôt en un fens, tantôt en un autre, &
qu'elles ne foient quelquefois plus éloignées
de la Terre, quelquefois plus proches, les
Anciens avoient imaginé je ne fçai combien
de Cercles differemment entrelaffez les uns
dans les autres, par lefquels ils fauvoient toutes ces bizarreries. L'embatas de tous ces
Cercles étoit fi grand, que dans un tems où
l'on ne connoiffoit encore rien de meilleur,
un Roi de Caftille, grand Mathematicien,
mais aparemment peu dévot, difoit que
fi Dieu l'eût apellé à fon Confeil quand il
fit le Monde, il lui eût donné de bons avis.
La penfee eft trop libertine, mais cela même
eft affez plaifant, que ce Siftême fût alors
une occafion de peché, parce qu'il étoit trop
confus. Les bons avis que ce Roi vouloit
donner, regardoient, fans doute, la fupreffion de tous ces Cercles, dont on avoit emba-
rafsé les mouvemens celeftes. Aparemment
ils regardoient auffi une autre fupreffion
de deux ou trois Cieux fuperflus qu'on avoit
mis au delà des Etoiles fixes. Ces Philofophes, pour expliquer une forte de mouvement dans les Corps Celeftes, faifoient au
delà du dernier Ciel que nous voyons, un
Ciel de Criftal, qui imprimoit ce mouvement aux Cieux inferieurs. Avoient-ils
nouvelle d'un autre mouvement ? c'étoit
auffi-tôt un autre Ciel de Criftal. Enfin les
Cieux de Criftal ne leur coûtoient rien. Et
pourquoi ne faifoit-on les Cieux que de
Criftal, dit la Marquife ? N'euffent-ils pas
été bons de quelqu'autre matiere ? Non,
répondis-je, il faloit que la lumiere paffât au

travers ; & d'ailleurs il faloit que les Cieux fussent solides. Il le faloit absolument, car Aristote avoit trouvé que la solidité étoit une chose attachée à la noblesse de leur nature, & puis qu'il l'avoit dit, on n'avoit garde d'en douter. Mais on a vû des Comettes qui étant plus élevées qu'on ne croyoit autrefois, briseroient tout le Cristal des Cieux par où elles passent, & casseroient tout l'Univers ; & il a falu se résoudre à faire les Cieux d'une matiere fluide, telle que l'air. Enfin il est hors de doute par les Observations de ces derniers Siecles, que Venus & Mercure tournent autour de la Terre, & l'ancien Sistême est absolument insoûtenable par cet endroit. Je vais donc vous en proposer un qui satisfait à tout, & qui dispenseroit le Roy de Castille de donner des avis, car il est d'une simplicité charmante, & qui seule le feroit préférer. Il sembleroit, interrompit la Marquise, que vôtre Philosophie est une espece d'enchere, où ceux qui offrent de faire les choses à moins de frais, l'emportent sur les autres. Il est vrai, repris-je, & ce n'est que par là qu'on peut atraper le Plan sur lequel la Nature a fait son Ouvrage. Elle est d'une épargne extraordinaire ; tout ce qu'elle poura faire d'une maniere qui lui coûtera un peu moins, quand ce moins ne seroit presque rien, soyez sûre qu'elle ne le fera que de cette maniere-là. Cette épargne néanmoins s'accorde avec une magnificence surprenante qui brille dans tout ce qu'elle a fait. C'est que la magnificence est dans le dessein, & l'épargne dans l'execution. Il n'y a rien de plus beau qu'un grand dessein que l'on execute à peu de frais. Nous autres nous sommes sujets à renver-

fer souvent tout cela dans nos idées. Nous
mettons l'épargne dans le dessein qu'a eu la
Nature, & la magnificence dans l'execution. Nous lui donnons un petit dessein,
qu'elle execute avec dix fois plus de dépense qu'il ne faudroit : cela est tout à fait ridicule. Je serai bien aise, dit-elle, que le
Sistême dont vous m'allez parler, imite de
fort près la Nature, car ce grand ménage
là tournera au profit de mon imagination,
qui n'aura pas tant de peine à comprendre
ce que vous me direz. Il n'y a plus ici d'em-
baras inutiles, repris-je. Figurez-vous un Allemand nommé Copérnic, qui fait main
basse sur tous ces Cercles differens, & sur
tout ces Cieux solides qui avoient été imagi-
nez par l'Antiquité. Il détruit les uns, il met
les autres en pieces. Saisi d'une noble fureur
d'Astronome, il prend la terre, & l'envoye
bien loin du centre de l'Univers, où elle
s'étoit placée ; & dans ce centre, il y met
le Soleil, à qui cet honneur étoit bien mieux
dû. Les Planetes ne tournent plus autour de
la Terre, & ne l'enferment plus au milieu
du Cercle qu'elles décrivent. Si elles nous
éclairent, c'est en quelque sorte par hazard,
& parce qu'elles nous rencontrent en leur
chemin. Tout tourne presentement autour
du Soleil ; la Terre y tourne elle-même, &
pour la punir du long repos qu'elle s'étoit
attribué, Copernic la charge le plus qu'il
peut de tous les mouvemens qu'elle donnoit aux Planetes & aux Cieux. Enfin de
tout cet équipage celeste dont cette petite
Terre se faisoit accompagner & environner,
il ne lui est demeuré que la Lune qui tourne encore autour d'elle. Attendez un peu,
dit la Marquise, il vient de vous prendre

un enthousiasme, qui vous a fait expliquer les choses si pompeusement, que je ne croi pas les avoir entenduës. Le Soleil est au centre de l'Univers, & là il est immobile, aprés lui qu'est-ce qui suit ? C'est Mercure, répondis-je, il tourne autour du Soleil, en sorte que le Soleil est le centre du Cercle que Mercure décrit. Au dessus de Mercure est Venus, qui tourne de même autour du Soleil. Ensuite vient la Terre, qui étant plus élevée que Mercure & Venus, décrit autour du Soleil un plus grand Cercle que ces Planettes. Enfin suivent Mars, Jupiter, Saturne, selon l'ordre où je vous les nomme ; & vous voyez bien que Saturne doit décrire autour du Soleil le plus grand Cercle de tous ; aussi employe-t-il plus de tems qu'aucune Planete à faire sa révolution. Et la Lune ? vous l'oubliez, interrompit-elle. Je la retrouverai bien, repris-je. La Lune tourne autour de la Terre, & ne l'abandonne point ; mais comme la Terre avance toûjours dans le Cercle qu'elle décrit autour du Soleil, la Lune la suit en tournant toûjours autour d'elle ; & si elle tourne autour du Soleil, ce n'est que pour ne point quitter la Terre.

Je vous entends, répondit-elle, & j'aime la Lune, de nous être restée, lorsque toutes les autres Planetes nous abandonnoient. Avoüez que si vôtre Allemand eût pû nous la faire perdre, il l'auroit fait volontiers ; car je vois dans tout son procedé qu'il étoit bien mal intentionné pour la Terre. Je lui sçai bon gré, repliquai-je, d'avoir rabatu la vanité des hommes, qui s'étoient mis à la plus belle place de l'Univers, & j'ai du plaisir à voir presentement la Terre dans la

foule des Planetes. Bon , répondit-elle ,
croyez-vous que la vanité des hommes s'é-
tende jufqu'à l'Aftronomie ? Croyez-vous
m'avoir humilié , pour m'avoir apris que
la Terre tourne autour du Soleil ? Je vous
jure que je ne m'en eftime pas moins. Mon
Dieu , Madame , repris· je, je fçai bien qu'on
fera moins jaloux du rang qu'on tient dans
l'Univers que de celui qu'on croit devoir
tenir dans une chambre , & que la préfean-
ce de deux Planetes ne fera jamais une fi
grande affaire , que celle de deux Ambaffa-
deurs. Cependant la même inclination qui
fait qu'on veut avoir la place la plus hono-
rable dans une Ceremonie , fait qu'un Philofophe dans un Siftême fe met au centre
du Monde , s'il peut. Il eft bien-aife que
tout foit fait pour lui ; il fupofe peut-être,
fans s'en apercevoir , ce principe qui le
flâte , & fon cœur ne laiffe pas de s'interef-
fer à une affaire de pure fpeculation. Fran-
chement , repliqua-t'elle , c'eft là une calom-
nie que vous avez inventée contre le Genre
humain. On n'auroit donc jamais dû recevoir le Siftême de Copernic , puis qu'il eft
fi humiliant. Auffi , repris-je, Copernic lui-
même fe défioit-il fort du fuccez de fon opinion. Il fut trés long-tems à ne la vouloir
pas publier. Enfin il s'y réfolut à la priere
de Gens tres confidérables ; mais auffi le
jour qu'on lui aporta le premier Exemplai-
re imprimé de fon Livre , fçavez-vous ce
qu'il fit ? Il mourût. Il ne voulut point ef-
fuyer toutes les contradictions qu'il pré-
voyoit, & fe tira habilement d'affaire. Ecoû-
tez , dit la Marquife, il faut rendre juftice
à tout le monde. Il eft fûr qu'on a de la
peine à s'imaginer qu'on tourne autour du

Soleil ;

Soleil ; car enfin on ne change point de place, & on se trouve toûjours le matin où l'on s'étoit couché le soir. Je voi, ce me semble à vôtre air, que vous m'allez dire, que comme la Terre toute entiere marche.... Assûrément, interrompis-je, c'est la même chose que si vous vous endormiez dans un Bâteau qui allât sur la Riviere, vous vous retrouveriez à vôtre réveil dans la même place & dans la même situation, à l'égard de toutes les parties du Bâteau. Oüi ; mais, repliqua-t'elle, voici une difference, je trouverois à mon réveil le rivage changé, & cela me feroit bien voir que mon Bâteau auroit changé de place. Mais il n'en va pas de même de la Terre, j'y retrouve toutes choses comme je les avois laissées. Non pas, Madame, répondis-je, non pas, le rivage est changé aussi. Vous sçavez qu'au delà de tous les Cercles des Planetes sont les Etoiles fixes, voilà nôtre rivage. Je suis sur la terre, & la Terre décrit un grand Cercle autour du Soleil. Je regarde au centre de ce Cercle : j'y voi le Soleil. S'il n'effaçoit point les Etoiles, en poussant ma vûë en ligne droite au delà du Soleil, je le verrois nécessairement répondre à quelques Etoiles fixes ; mais je voi aisément pendant la nuit à quelles Etoiles il a répondu le jour ; & c'est exactement la même chose. Si la Terre ne changeoit point de place sur le Cercle où elle est, je verrois toûjours le Soleil répondre aux mêmes Etoiles fixes ; mais dés qu'elle change de place, il faut que je le voye répondre à d'autres. C'est-là le rivage qui change tous les jours ; & comme la Terre fait son Cercle en un an autour du Soleil, je voi le Soleil en l'espace d'une année répondre successivement à diverses Etoiles fixes qui composent un Cercle. Ce Cercle s'apelle le Zodiaque. Voulez-vous que je vous fasse ici une figure sur le sable ? Non, répondit-elle ; je m'en passerai bien, & puis cela donneroit à mon Parc un air sçavant que je ne veux pas qu'il ait. N'ai-je pas oüi dire qu'un Philosophe qui fût jetté par un naufrage dans une Isle qu'il ne connoissoit point, s'écria à ceux qui le suivoient, en voyant de certaines figures, des lignes, & des Cercles tracez sur le bord de la Mer : *courage, Compagnons, l'Isle est habitée : voici des pas d'hommes ?* Vous jugez bien qu'il ne m'apartient point de faire de ces pas-là, & qu'il ne faut pas qu'on en voye ici.

Il vaut mieux en effet, répondis-je, qu'on n'y voye que des pas d'Amans, c'est-à-dire, vôtre nom & vos chiffres gravez sur l'écorce des arbres par la main de vos Adorateurs. Laissons-là, je vous prie, les Adorateurs, reprit-elle, & parlons du Soleil. J'entens bien comment nous nous imaginons qu'il décrit le Cercle que nous décrivons nous-mêmes ; mais ce tour ne s'acheve qu'en un an, & celui que le Soleil fait tous les jours sur nôtre tête, comment se fait-il ? Avez-vous remarqué lui répondis-je, qu'une boule qui rouleroit sur cette allée, auroit deux mouvemens ? elle iroit vers le bout de l'aîlée & en même-tems elle tourneroit plusieurs fois sur elle-même, en sorte que la partie de cette boule qui est en haut descenderoit en bas, & que celle d'en bas monteroit en haut. La Terre fait la même chose. Dans le tems qu'elle avance sur le Cercle qu'elle décrit en un an

autour du Soleil, elle tourne sur elle-même
en vingt-quatre heures. Ainsi en vingt-
quatre heures chaque partie de la Terre
perd le Soleil, & le recouvre ; & à mesure qu'on tourne vers le côté où est le Soleil, il semble qu'il s'éleve ; & quand on
commence à s'en éloigner, il semble qu'il
s'abaisse. Cela est assez plaisant, dit-elle,
la Terre prend tout sur soi, & le Soleil ne
fait rien. Et quand la Lune & les autres
Planetes & les Etoiles fixes paroissent faire
un tour sur nôtre tête en vingt-quatre heures ; c'est donc aussi une imagination ? Imagination pure, repris-je, qui vient de la
même cause. Les Planetes font seulement
leurs Cercles autour du Soleil en des tems
inégaux, selon leurs distances inégales : &
celle que nous voyons aujourd'hui répondre à un certain point du Zodiaque, où
de ce Cercle d'Etoiles fixes, nous la voyons
demain à la même heure répondre à un autre point, tant parce qu'elle a avancé sur
son Cercle, que parce que nous avons avancé sur le nôtre. Nous marchons, & les autres Planetes marchent aussi ; mais plus ou
moins vîte que nous, cela nous met dans
differens points de vûë à leurs égards, &
nous fait paroître dans leurs cours des bizarreries, dont il n'est pas nécessaire que
je vous parle. Il suffit que vous sçachiez que
ce qu'il y a d'irrégulier dans les Planetes ne
vient que de la diverse maniere dont nôtre
mouvement nous les fait rencontrer, &
qu'au fond elles sont toutes très réglées.
Je consens qu'elles le soient, dit la Marquise, mais je voudrois bien que leur ré-
gularité coutât moins à la Terre : on ne
l'a guere ménagée, & pour une étoile

maſſe auſſi peſante qu'elle eſt, on lui demande bien de l'agilité. Mais, lui répondis-je,
aimeriez-vous mieux que le Soleil, & tous les
autres Aſtres qui ſont de trés grands Corps,
fiſſent en vingt-quatre heures autour de la
Terre un tout immenſe, que les Etoiles fixes qui ſeroient dans le plus grand Cercle,
où le mouvement eſt toûjours le plus fort,
parcouruſſent en un jour trois cens millions
de lieuës, & allaſſent plus loin que d'ici à la
Chine, dans le tems qu'on pouroit pro-
noncer ces mots : *Allez vîte à la Chine ?* Car
il faut que tout cela arrive, ſi la Terre ne
tourne pas ſur elle-même en vingt-quatre heures. En verité, il eſt bien plus rai-
ſonnable qu'elle faſſe ce tour, qui n'eſt tout
au plus que de neuf mille lieuës. Vous voyez
bien que neuf mille lieuës en comparaiſon
de trois millions, ne ſont qu'une baga-
telle.

Oh ! repliqua la Marquiſe, le Soleil & les
Aſtres ſont tout de feu, le mouvement ne
leur coûte rien ; mais la Terre ne paroît
guere portative. Et croiriez-vous, repris-
je, ſi vous n'en aviez point l'expérience,
que ce fût quelque choſe de bien portatif,
qu'un gros Navire monté de cent cinquante pieces de Canon, chargé de plus de trois
mille hommes, & d'une trés grande quantité de Marchandiſes ? Cependant il ne faut
qu'un petit ſouffle de vent pour le faire aller ſur l'eau, parce que l'eau eſt liquide,
& que ſe laiſſant diviſer avec facilité, elle
réſiſte peu au mouvement du Navire ; ou
s'il eſt au milieu d'une riviere, il ſuivra
ſans peine le fil de l'eau, parce qu'il n'y a
rien qui le retienne. Ainſi la Terre toute
maſſive qu'elle eſt, eſt aiſement portée au

milieu de la matiere celeste, qui est mille fois plus fluide que l'eau , & qui remplit tout ce grand espace où nagent les Planetes. Et où faudroit-il que la Terre fût cramponnée pour résister au mouvement de cette matiere celeste, & ne s'y pas laisser emporter ? C'est comme si une petite boule de bois pouvoit ne pas suivre le courant d'une Riviere.

Mais repliqua-t-elle encore, comment la Terre avec tout son poids se soûtient-elle sur vôtre matiere celeste, qui doit être bien legere, puis qu'elle est si fluide ? Ce n'est pas à dire, répondis-je, que ce qui est plus fluide, soit plus leger. Que dites-vous de nôtre gros Vaisseau, qui avec tout son poids est plus leger que l'eau, puis qu'il y surnage ? Je ne veux plus vous dire rien, dit-elle comme en colere, tant que vous aurez le gros Vaisseau. Mais m'assurez-vous bien qu'il n'y ait rien à craindre sur une piroüette aussi legere que vous me faites la Terre ? Eh bien, lui répondis-je, faisons porter la Terre par quatre Elephans, comme font les Indiens. Voici bien un autre Sistême s'écriat-elle. Du moins, j'aime ces Gens-là, d'avoir pourvû à leur sûreté, & fait de bons fondemens ; au lieu que nous autres Coperniciens, nous sommes assez inconsiderez pour vouloir bien nager à l'avanture dans cette matiere celeste. Je gage que si les Indiens sçavoient que la Terre fût le moins du monde en péril de se mouvoir, ils doubleroient les Elephans.

Cela le mériteroit bien, repris-je en riant de sa pensée, il ne faut point s'épargner les Elephans pour dormir en assurance ; & si vous en avez besoin pour cette nuit, nous

eh mettrons dans nôtre Siftême autant qu'il
vous plaira ; enfuite nous les retrancherons
peu à peu, à mefure que vous vous raffure-
rez. Serieufement, reprit-elle, je ne croi
pas dés à prefent qu'ils me foient fort nécef-
faires, & je me fens affez de courage pour
ofer tourner. Vous irez encore plus loin, repliquai-je, vous tournerez avec plaifir, &
vous vous ferez fur ce Siftême des idées ré-
joüiffantes. Quelquefois, par exemple, je
me figure que je fuis fufpendu en l'air ; &
que j'y demeure fans mouvement pendant
que la Terre tourne fous moi en vingt quatre heures. Je voi paffer fous mes yeux tous
ces vifages differens, les uns blancs les autres noirs, les autres bazannez, les autres
olivâtres. D'abord ce font des Chapeaux, &
puis des Turbans, & puis des têtes cheve-
luës, & puis des Têtes rafes ; tantôt des Villes à clocher, tantôt des Villes à longues ai-
guilles qui ont des Croiffans, tantôt des
Villes à Tours de Porcelaine, tantôt de
grands Païs qui n'ont que des Cabanes : ici,
de vaftes Mers, là des Deferts épouventa-
bles ; enfin toute cette varieté infinie qui eft
fur la furface de la Terre.

En verité dit-elle, tout cela mériteroit
bien que l'on donnât vingt-quatre heures de
fon tems à le voir. Ainfi donc dans le même
lieu où nous fommes à prefent, je ne dis pas
dans ce Parc, mais dans ce même lieu à le
prendre dans l'air, il y paffe continuellement
d'autres Peuples qui prennent nôtre place ;
& au bout de vingt-quatre heures nous y re-
venons.

Copernic, lui répondis-je, ne le compren-
droit pas mieux. D'abord il paffera par ici
des Anglois qui raifonneront peut-être de

quelque dessein de Politique avec moins de
gayeté que nous ne raisonnons de nôtre Philosophie ; ensuite viendra une grande Mer,
& il se poura trouver en ce lieu-là quelque
Vaisseau qui n'y sera pas si à son aise que
nous. Aprés cela paroîtront des Iroquois,
qui mangeront tout vif quelque prisonnier
de guerre, qui fera semblant de ne s'en pas
soucier ; des femmes de la Terre de Jesso, qui
n'employeront tout leur tems qu'à préparer
le Repas de leurs Maris, & à se peindre de
bleu les lévres, & les sourcils, pour plaire
aux plus vilains hommes du monde ; des
Tartares qui iront fort dévotement en Pele-
rinage vers ce grand Prêtre, qui ne sort jamais d'un lieu obscur où il n'est éclairé que
par des Lampes, à la lumiere desquelles on
l'adore ; de belles Circassiennes qui ne feront
aucune façon d'accorder tout au premier venu, hormis ce qu'elles croyent qui apartient essentiellement à leurs Maris ; de petits
Tartares qui iront voler des femmes pour les
Turcs & pour les Persans ; enfin, nous qui de-
biterons peut-être des rêveries.

Il est assez plaisant dit la Marquise, d'i-
maginer ce que vous venez de me dire ; mais
si je voyois tout cela d'enhaut, je voudrois
avoir la liberté de hâter ou d'arrêter le mouvement de la Terre, selon que les objets me
plairoient plus ou moins, & je vous assûre
que je ferois passer bien vîte ceux qui s'em-
barassent de Politique, ou qui mangent leurs
Ennemis ; mais il y en a d'autres pour qui
j'aurois de la curiosité. J'en aurois pour ces
belles Circassiennes, par exemple, qui ont
un usage si particulier. Mais il me vient une
difficulté serieuse. Si la Terre tourne, nous,
changeons d'air à chaque moment, & nous

respirons toûjours celui d'un autre Païs.
Nullement, Madame répondis-je, l'air qui
environne la Terre ne s'étend que jusqu'à
une certaine hauteur, peut-être jusqu'à
vingt lieuës ; il nous suit, & tourne avec
nous. Vous avez vû quelquefois l'ouvrage
d'un Ver à Soye, où ces Coques, que ces petits animaux travaillent avec tant d'art pour
s'y emprisonner. Elles sont d'une soye fort
serrée, mais elles sont couvertes d'un certain
duvet fort leger & fort lâche. C'est ainsi que
la Terre qui est assez solide, est couverte depuis sa surface jusqu'à vingt lieuës de hauteur
tout au plus, d'une espece de duvet, qui est
l'air, & toute la Coque de Ver à Soye tourne
en même-tems. Au delà de l'air est la matiere celeste, incomparablement plus pure, plus subtile, & même plus agitée qu'il
n'est.

Vous me representez la Terre sous des
idées bien méprisables, dit la Marquise.
C'est pourtant sur cette Coque de Ver à Soye
qu'il se fait de si grands Travaux, de si grandes Guerres, & qu'il régne de tous côtez une
si grande agitation. Oüi, répondis-je, &
pendant ce tems-là, la Nature qui n'entre
point en connoissance de tous ces petits
mouvemens particuliers, nous emporte tous
ensemble d'un mouvement general, & se
joüe de la petite boule.

Il me semble, reprit-elle, qu'il est ridicule
d'être sur quelque chose qui tourne, & de se
tourmenter tant, mais le malheur est qu'on
n'est pas assez asséré qu'on tourne ; car enfin,
à ne vous rien celer, toutes les précautions
que vous prenez pour empêcher qu'on ne
s'aperçoive du mouvement de la Terre, me
sont suspectes. Est-il possible qu'il ne laissera

pas quelque petite marque semblable, à laquelle on le reconnoisse.

Les mouvemens les plus naturels, répondis-je, & les plus ordinaires sont ceux qui se
font le moins sentir, cela est vrai jusque dans
la Morale. Le mouvement de l'Amour propre nous est si naturel, que le plus souvent
nous ne le sentons pas, & que nous croyons
agir par d'autres principes. Ah ! vous mora-
lisez, dit-elle, quand il est question de Phisique, cela s'apelle bâiller. Retirons-nous,
aussi bien en voilà assez pour la première
fois. Demain nous reviendrons ici ; vous
avec vos Sistêmes, & moi avec mon ignorance.

En retournant au Château je lui dis pour
épuiser la matiere des Sistêmes, qu'il y en
avoit un troisiéme inventé par Ticho Brahé,
qui voulant absolument que la Terre fût immobile, la plaçoit au centre du monde, &
faisoit tourner autour d'elle le Soleil, autour
duquel tournoient toutes les autres Planetes, parce que depuis les nouvelles Découvertes, il n'y avoit pas moyen de faire tourner les Planetes autour de la Terre. Mais
la Marquise qui a le discernement vif &
prompt, jugea qu'il y avoit trop d'affecta-
tion à exempter la Terre de tourner autour
du Soleil, puis qu'on n'en pouvoit pas exempter tant d'autres grands Corps ; que le Soleil
n'étoit plus si propre à tourner autour de la
Terre, depuis que toutes les Planetes tournoient autour de lui ; que ce Sistême ne pouvoit être propre tout au plus qu'à soûtenir
l'immobilité de la Terre, quand on avoit bien
envie de la soûtenir, & nullement à la persuader ; & enfin il fut résolu que nous nous
en tiendrions à celui de Copernic, qui est

plus uniforme & plus riant, & n'y a aucun mélange de préjugé. En effet, la simplicité dont il est persuadé, & la hardiesse font plaisir.

SECOND SOIR.

Que la Lune est une Terre habitée.

LE lendemain au matin dès que l'on pût entrer dans l'Apartement de la Marquise, j'envoyai sçavoir de ses nouvelles & lui demander si elle avoit pû dormir en tournant. Elle me fit répondre qu'elle étoit déja accoûtumée à cette allure de la Terre, & qu'elle avoit passé la nuit aussi tranquillement qu'auroit pû faire Copernic lui-même. Quelque-temps après il vint chez elle du monde qui y demeura jusqu'au soir. Encore leur fut-on bien obligé; car la Campagne leur donnoit aussi le droit de pousser leur visite jusqu'au lendemain, s'ils eussent voulu, & ils eurent l'honnêteté de ne le pas faire. Ainsi la Marquise & moi nous nous retrouvâmes libres sur le soir. Nous nous mîmes encore dans le Parc & la conversation ne manqua pas de tourner aussi-tôt sur nos Systêmes. Elle les avoit si bien conçûs, qu'elle dédaigna d'en parler une seconde fois, & elle voulut que je la menasse à quelque chose de nouveau. Et bien donc, lui dis-je, puisque le Soleil, qui est présentement immobile, a cessé d'être Planète, & que la Terre qui se meut autour de lui, a com-

mencé d'en être une, vous ne serez pas si
surprise d'entendre dire que la Lune est u..e
Terre comme celle-ci, & qu'aparemment
elle est habitée. Je n'ai pourtant jamais oüi
parler de la Lune habitée, dit-elle, que
comme d'une folie & d'une vision. C'en est
peut-être une aussi, répondis-je. Je ne prens
parti dans ces choses-là que comme on en
prend dans les Guerres Civiles, où l'incer-
titude de ce qui peut arriver, fait qu'on
entretient toûjours des intelligences dans le
parti oposé, & qu'on a des ménagemens
avec ses Ennemis même. Pour moi, quoi
que je croye la Lune habitée, je ne laisse
pas de vivre civilement avec ceux qui ne
le croyent pas, & je me tiens toûjours en
état de me pouvoir ranger à leur opinion
avec honneur, si elle avoit le dessus : mais
en attendant qu'ils ayent sur nous quelque
avantage considérable ; voici ce qui m'a mis
du côté des Habitans de la Lune.

Suposons qu'il n'y ait jamais eu nul
commerce entre Paris & saint Denis, &
qu'un Bourgeois de Paris qui ne sera jamais
sorti de sa Ville, soit sur les Tours de nôtre Dame, & voye saint Denis de loin ;
on lui demandera s'il croit que saint Denis
soit habité comme Paris. Il répondra hardiment que non ; car dira-t-il, je vois bien
les Habitans de Paris ; mais ceux de saint
Denis, je ne les voi point, & on n'en a jamais entendu parler. Il y aura quelqu'un
qui lui representera qu'à la verité quand on
est sur les Tours de nôtre Dame, on ne
voit pas les Habitans de saint Denis, mais
que l'éloignement en est cause ; que tout ce
qu'on peut voir de saint Denis ressemble
fort à Paris ; que saint Denis a des Clo-

chers, des Maisons, des Murailles, & qu'il
pourroit bien encore ressembler à Paris en
ce qui est d'être habité. Tout cela ne gâ-
gnera rien sur mon Bourgeois, il s'obstine-
ra toûjours à soûtenir que saint Denis n'est
point habité, puis qu'il n'y voit personne.
Nôtre saint Denis, c'est la Lune, & chacun de nous est ce Bourgeois de Paris, qui
n'est jamais sorti de sa Ville.

Ah ! interrompit la Marquise, vous nous
faites tort, nous ne sommes point si sots
que vôtre Bourgeois. Puis qu'il voit que saint
Denis est tout fait comme Paris, il faut
qu'il ait perdu la raison pour ne le pas croire habité ; mais la Lune n'est point du tout
faite comme la Terre. Prenez garde, Madame, repris-je, car s'il faut que la Lune
ressemble en tout la Terre, vous voilà dans
l'obligation de croire la Lune habitée. J'a-
voüe répondit-elle, qu'il n'y aura pas moyen
de s'en dispenser, & je vous vois un air de
confiance qui me fait déja peur. Les deux
mouvemens de la Terre, dont je ne me
fusse jamais doutée, me rendent timide
sur tout le reste ; mais pourtant seroit-il
bien possible que la Terre fut lumineuse
comme la Lune ? car il faut cela pour
leur ressemblance. Helas ! Madame, repliquai-je, être lumineux n'est pas si grande
chose que vous pensez. Il n'y a que le Soleil en qui cela soit une qualité considérable. Il est lumineux par lui-même, & en
vertu d'une nature particuliere qu'il a ; mais
les Planetes n'éclairent, que parce qu'elles
sont éclairées de lui. Il renvoye sa lumiere
à la Lune, elle nous la renvoye, & il faut
que la Terre renvoye aussi à la Lune la lumiere du Soleil, il n'y a pas plus loin de

la Terre à la Lune, que de la Lune à la Terre.

Mais, dit la Marquise, la Terre est-elle aussi propre que la Lune à renvoyer la lumiere du Soleil ? Je vous vois toûjours pour la Lune, repris-je, un reste d'estime dont vous ne sçauriez vous défaire. La lumiere est composée de petites balles qui bondissent sur ce qui est solide, & retournent d'un autre côté, au lieu qu'elles passent au travers de ce qui leur presente des ouvertures en ligne droite, comme l'air ou le verre. Ainsi ce qui fait que la Lune nous éclaire, c'est qu'elle est un Corps dur & solide, qui nous renvoye ces petites balles. Or je croi que vous ne contesterez pas à la Terre cette même dureté & cette même solidité. Admirez donc ce que c'est que d'être posté avantageusement. Parce que la Lune est éloignée de nous, nous ne la voyons que comme un Corps lumineux, & nous ignorons que ce soit une grosse masse, toute semblable à la Terre. Au contraire, parce que la Terre a le malheur que nous la voyons de trop prés, elle ne nous paroît qu'une grosse masse, propre seulement à fournir de la pâture aux Animaux, & nous ne nous apercevons pas qu'elle est lumineuse faute de ne nous pouvoir mettre à quelque distance d'elle. Il en diroit donc de la même maniere, dit la Marquise, lorsque nous sommes frapez de l'éclat des Conditions élevées au dessus des nôtres, & que nous ne voyons pas qu'au fond elles se ressemblent toutes extrêmement.

C'est la même chose, répondis-je. Nous voulons juger de tout, & nous sommes toûjours dans un mauvais point de vûë. Nous voulons juger de nous, nous en sommes trop

prés : nous voulons juger des autres, nous en
sommes trop loin. Qui seroit entre la Lune &
la Terre, ce seroit la vraye place pour les bien
voir. Il faudroit être simplement Spectateur
du Monde, & non pas Habitans. Je ne me con-
solerai jamais, dit-elle, de l'injustice que nous
faisons à la Terre, & de la préoccupation trop
favorable où nous sommes pour la Lune, si
vous ne m'assurez que les Gens de la Lune ne
connoissent pas mieux leurs avantages que
nous ne connoissons les nôtres, & qu'ils prennent nôtre Terre pour un Astre, sans sçavoir
que leur habitation en est un aussi. Pour cela,
repris-je, je vous les garantis. Nous leur pa-
roissons faire assez regulierement nos fonctions d'Astre. Il est vrai qu'ils ne nous
voyent pas décrire un Cercle autour d'eux ;
mais il n'importe, voici ce que c'est. La
moitié de la Lune qui se trouva tournée vers
nous au commencement du Monde, y a toûjours été tournée depuis ; elle ne nous presente jamais que ces yeux, cette bouche, & le
reste de ce visage que nôtre imagination lui
compose sur le fondement des taches qu'elle
nous montre. Si l'autre moitié oposée se
presentoit à nous, d'autres taches different-
ment rangées, nous feroient sans doute imaginer quelqu'autre figure. Ce n'est pas que
la Lune ne tourne sur elle-même, elle y tourne en autant de tems qu'autour de la Terre,
c'est-à-dire en un mois ; mais lors qu'elle fait
une partie de ce tour sur elle-même, & qu'il
devroit se cacher à nous une joüe, par exemple, de ce prétendu visage, & paroître quelqu'autre chose, elle fait justement une semblable partie de son Cercle autour de la Terre, & se mettant dans un nouveau point de
vûë, elle nous montre encore cette même

Jouë. Ainſi la Lune, qui à l'égard du Soleil, & des autres Aſtres, tourne ſur elle-même, n'y tourne point à nôtre égard. Ils lui
paroiſſent tous ſe lever, & ſe coucher en
l'eſpace de quinze jours, mais pour nôtre
Terre, elle la voit toûjours ſuſpenduë au même endroit du Ciel. Cette immobilité apa-
rente ne convient guere à un Corps qui doit
paſſer pour un Aſtre, mais auſſi elle n'eſt pas
parfaite. La Lune a un certain balancement
qui fait qu'un petit coin de viſage ſe cache
quelquefois, & qu'un petit coin de la moitié
opoſée ſe montre. Or, elle ne manque pas,
ſur ma parole, de nous attribuer ce tremblement, & de s'imaginer que nous avons dans
le Ciel comme un mouvement de Pendule
qui va & vient.

Toutes ces Planetes, dit la Marquiſe, ſont
faites comme nous, qui rejettons toûjours
ſur les autres ce qui eſt en nous-mêmes. La
Terre dit, *Ce n'eſt pas moi qui tourne, c'eſt le Soleil.* La Lune dit, *Ce n'eſt pas moi qui tremble,
c'eſt la Terre.* Il y a bien de l'erreur par tout. Je
ne vous conſeille pas d'entreprendre d'y rien
réformer, répondis-je, il vaut mieux que
vous acheviez de vous convaincre de l'entiere reſſemblance de la Terre & de la Lune. Repreſentez-vous ces deux grandes Boules ſuſ-
penduës dans les Cieux. Vous ſçavez que le
Soleil éclaire toûjours une moitié des Corps
qui ſont ronds, & que l'autre moitié eſt
dans l'ombre. Il y a donc toûjours une moitié,
tant de la Terre que de la Lune, qui eſt éclairée du Soleil, c'eſt-à-dire, qui a le jour,
& une autre moitié qui eſt dans la nuit. Remarquez d'ailleurs que comme une balle a
moins de force & de viteſſe aprés qu'elle a
été donner contre une muraille qui l'a ren-

voyée d'un autre côté, de même la lumiere
s'affoiblit lors qu'elle a été refléchie par quelque Corps. Cette lumiere blanchâtre qui
nous vient de la Lune, est la lumiere même
du Soleil, mais elle ne peut venir de la Lune à nous que par une réflexion. Elle a donc
beaucoup perdu de la force & de la vivacité
qu'elle avoit lors qu'elle étoit reçûë directe-
ment sur la Lune, & cette lumiere éclatante
que nous recevons du Soleil, & que la Terre
refléchit sur la Lune, ne doit plus être qu'une
lumiere blanchâtre quand elle y est arrivée.
Ainsi ce qui nous paroît lumineux dans la
Lune, & qui nous éclaire pendant nos nuits,
ce sont des parties de la Lune qui ont le jour,
& les parties de la Terre qui ont le jour, lors
qu'elles sont tournées vers les parties de la
Lune qui ont la nuit, les éclairent aussi. Tout
dépend de la maniere dont la Lune & la Terre se regardent. Dans les premiers jours du
mois que l'on ne voit pas la Lune, c'est qu'elle est entre le Soleil & nous, & qu'elle marche de jour avec le Soleil. Il faut nécessairement que toute sa moitié qui a le jour, soit
tournée vers le Soleil, & que toute sa moitié
qui a la nuit, soit tournée vers nous. Nous
n'avons garde de voir cette moitié qui n'a
aucune lumiere pour se faire voir, mais cette
moitié de la Lune qui a la nuit, étant tournée
vers la moitié de la Terre qui a le jour, nous
voit sans être vûë, & nous voit sous la même
figure que nous voyons la pleine Lune. C'est
alors pour les Gens de la Lune, pleine Terre, s'il est permis de parler ainsi. Ensuite la
Lune qui avance sur son Cercle d'un mois, se
dégage de dessous le Soleil, & commence à
tourner vers nous un petit coin de sa moitié
éclairée, & voilà le Croissant. Alors aussi les

parties de la Lune qui ont la nuit, commencent à ne plus voir toute la moitié de la Terre qui a le jour, & nous sommes en Decours pour elles.

Il n'en faut pas davantage, dit brusquement la Marquise, je sçaurai tout le reste quand il me plaira, je n'ai qu'à y penser un moment, & qu'à promener la Lune sur son Cercle d'un mois. Je vois en general que dans la Lune ils ont un mois à rebours du nôtre, & je gage que quand nous avons pleine-Lune, c'est que toute la moitié lumineuse de la Lune est tournée vers toute la moitié obscure de la Terre ; qu'alors ils ne vous voyent point du tout, & qu'ils comptent Nouvelle Terre. Je ne voudrois pas qu'il me fût reproché de m'être fait expliquer tout au long une chose si aisée. Mais les Eclipses comment vont-elles ? Il ne tient qu'à vous de le deviner, répondis-je. Quand la Lune est nouvelle, qu'elle est entre le Soleil & nous, & que toute sa moitié obscure est tournée vers nous qui avons le jour, vous voyez bien que l'ombre de cette moitié obscure se jette vers nous. Si la Lune est justement sous le Soleil, cette ombre nous le cache ; & en même tems noircit une partie de cette moitié lumineuse de la Terre qui étoit vûë par la moitié obscure de la Lune. Voilà donc une Eclipse de Soleil pour nous pendant nôtre jour, & une Eclipse de Terre pour la Lune pendant sa nuit. Lorsque la Lune est pleine, la Terre est entre elle & le Soleil, & toute la moitié obscure de la Terre est tournée vers toute la moitié lumineuse de la Lune. L'ombre de la Terre se jette donc vers la Lune ; si elle tombe sur le Corps de la Lune, elle noircit cette moitié lumineuse que nous voyons, & à cette moitié lumineuse qui avoit le jour, elle lui dérobe le Soleil. Voilà donc une Eclipse de Lune pour nous pendant nôtre nuit, & une Eclipse de Soleil pour la Lune pendant le jour dont elle joüissoit. Ce qui fait qu'il n'arrive pas des Eclipses toutes les fois que la Lune est entre le Soleil & la Terre, ou la Terre entre le Soleil & la Lune, c'est que souvent ces trois Corps ne sont pas très exactement rangez en ligne droite, & par conséquent celui qui devroit faire l'Eclipse, jette son ombre un peu à côté de celui qui en devroit être couvert.

Je suis fort étonné, dit la Marquise, qu'il y ait peu de misteres aux Eclipses, & que tout le monde n'en devine pas la cause. Ah ! vraiment, répondis-je; il y a bien des Peuples qui de la maniere dont ils s'y prennent, ne le devineront encore de long-tems. Dans toutes les Indes Orientales on croit que quand le Soleil & la Lune s'éclipsent, c'est qu'un certain démon qui a les Griffes fort noires, les étend sur ces Astres dont il veut se saisir, & vous voyez pendant ce tems-là les Rivieres couvertes de Têtes d'Indiens qui se sont mis dans l'eau jusqu'au coû, parce que c'est une situation très dévote, selon eux, & très propre à obtenir du Soleil & de la Lune qu'ils se défendent bien contre le démon. En Amerique, on étoit persuadé que le Soleil & la Lune étoient fâchez quand ils s'éclipsoient, & Dieu sçait ce qu'on ne faisoit pas pour se racommoder avec eux. Mais les Grecs qui étoient si raffinez, n'ont-ils pas crû long-tems que la Lune étoit ensorcelée, & que des Magicien-nes la faisoient descendre du Ciel pour jet-ter sur les Herbes une certaine écume malfaisante. Et n'eûmes-nous pas belle peur il n'y a guere plus de quarante ans, à une certaine Eclipse de Soleil qui arriva ? Une infinité de Gens ne se tinrent-ils pas enfermez dans des caves, & les Philosophes qui écrivirent pour nous rassurer, n'écrivirent-ils pas en vain ?

En verité, reprit-elle, tout cela est trop honteux pour les hommes, il devroit y avoir un Arrêt du Genre humain qui défendît qu'on parlât jamais d'Eclipse, de peur que l'on ne conserve la mémoire des sottises qui ont été faites ou dites sur ce Chapitre là. Il faudroit donc, repliquai-je, que le même Arrêt abolît la mémoire de toutes choses, & défendît qu'on parlât jamais de rien, car je ne sçache rien au monde qui ne soit le monument de quelque sottise des hommes.

Dites-moi, je vous prie, une chose, dit la Marquise. Ont-ils autant de peur des Eclipses dans la Lune, que nous en avons ici ? Il me paroîtroit tout-à-fait burlesque que les Indiens de ce païs-là se missent à l'eau comme les nôtres, que les Ameriquains crûssent nôtre Terre fachée contre eux, que les Grecs s'imaginassent que nous fussions ensorcelez, & que nous allassions gâter leurs Herbes, & qu'enfin nous leur rendissions la consternation qu'ils causent ici-bas. Je n'en doute nullement, répondis-je. Je voudrois bien sçavoir pourquoi Messieurs de la Lune auroient l'esprit plus fort que nous. De quel droit nous feront-ils peur sans que nous leur en fassions ? Je croirois même, ajoûtai-je, en riant, que comme un nombre prodigieux d'hommes ont été assez fous, & le sont encore assez

pour adorer la Lune, il y a des Gens dans
la Lune qui adorent aussi la Terre, & que
nous sommes à genoux les uns devant les
autres. Aprés cela, dit-elle, nous pouvons
bien prétendre à envoyer des influences à
la Lune & à donner des crises à ses Mala-
des ; mais comme il ne faut qu'un peu d'esprit & d'abileté dans les Gens de ce Païs-
là, pour détruire tous ces honneurs dont
nous nous flâtons, j'avouë que je crains
toûjours que nous n'ayons quelque desa-
vantage.

Ne craignez rien, répondis-je, il n'y a pas
d'aparence que nous soyons la seule sotte espece de l'Univers. L'ignorance est quelque
chose de bien propre à être generalement répandu, & quoi que je ne fasse que deviner
celle des Gens de la Lune, je n'en doute non
plus que des Nouvelles les plus sûres qui nous
viennent delà.

Et quelles sont ces Nouvelles sûres, interrompit-elle ? Ce sont celles, répondis-je,
qui nous sont raportées par ces Sçavans, qui
y voyagent tous les jours avec des Lunettes
d'aproche. Ils vous diront qu'ils y ont découvert des Terres, des Mers, des Lacs, de
trés hautes Montagnes, des Abîmes trés pro-
fonds.

Vous me surprenez, reprit-elle. Je conçois bien qu'on peut découvrir sur la Lune
des Montagnes & des Abîmes, cela se reconnoît aparemment à des inégalitez re-
marquables ; mais comment distinguer des
Terres & des Mers ? On les distingue, répondis-je, parce que les Eaux qui laissent
passer au travers d'elles-mêmes une partie de
la lumiere, & qui en renvoyent moins, paroissent de loin comme des taches obscures,

& que les Terres, qui par leur solidité la renvoyent toute, font des endroits plus brillans. L'illuftre Monfieur Caffini, l'homme du monde à qui le Ciel eft mieux connu, a découvert fur la Lune quelque chofe qui fe fepare en deux, fe réünit enfuite, & fe va perdre dans une efpece de Puits. Nous pouvons nous flâter, avec bien de l'aparence, que c'eft une Riviere. Enfin on connoît affez bien toutes ces differentes patries pour leur avoir donné des noms, & ce font prefque tous noms de Sçavans. Un endroit s'apelle Copernic, un autre Archimede, un autre Galilée; il y a une Mer Cafpienne, les Monts Porphirites, le Lac noir; enfin la defcription de la Lune eft fi exacte, qu'un Sçavant qui s'y trouveroit prefentement, ne s'y égareroit non plus que je ferois dans Paris.

Mais, reprit-elle, je ferois bien-aife de fçavoir encore plus en détail comment eft fait le dedans du Païs. Il n'eft pas poffible, repliquai-je, que Meffieurs de l'Obfervatoire vous en inftruifent, il faut le demander à Altolfe, qui fut conduit dans la Lune par faint Jean. Je vous parle d'une des plus agréables folies de l'Ariofte, & je fuis fûr que vous ferez bien aife de la fçavoir. J'avouë qu'il eût mieux fait de n'y pas mêler faint Jean, dont le nom eft fi digne de refpect; mais enfin c'eft une licence Poëtique, qui peut feulement paffer pour un peu trop gaye. Tout le Poëme eft dédié à un Cardinal, & un grand Pape l'a honoré d'une aprobation éclatante que l'on voit au devant de quelques Editions. Voici dequoi il s'agit. Roland, Neveu de Charlemagne, étoit devenu fou, parce que la belle Ange-

lique lui avoit préferé Medor. Un jour Aſtolfe, brave Paladin, ſe trouve dans le Paradis
Terreſtre qui étoit ſur la cime d'une Mon-
tagne trés haute, où ſon Hipocriſie l'avoit
porté. Là il rencontra ſaint Jean, qui lui
dit que pour guerir la folie de Roland, il
étoit néceſſaire qu'ils fiſſent enſemble le
Voyage de la Lune. Aſtolfe qui ne de-
mandoit qu'à voir du Païs, ne ſe fait point
prier, & auſſi-tôt voilà un Chariot de feu
qui enleve par les airs l'Apôtre & le Paladin. Comme Aſtolfe n'étoit pas grand Philoſophe, il fut fort ſurpris de voir la Lune
beaucoup plus grande qu'elle ne lui auroit
paru de deſſus la Terre. Il fut bien plus
ſurpris encore de voir d'autres Fleuves,
d'autres Lacs, d'autres Montagnes, d'autres
Villes, d'autres Forêts, & ce qu'il m'auroit
bien ſurpris auſſi, des Nimphes qui chaſ-
ſoient dans ces Forêts. Mais ce qu'il vit de
plus rare, dans la Lune, c'étoit un Vallon
où ſe trouvoit tout ce qui ſe perdoit ſur la
Terre, de quelque eſpece qu'il fût, & les
Couronnes & les Richeſſes & la Renom-
mée, & une infinité d'Eſperance, & le
tems qu'on donne au Jeu, & les Aumônes
qu'on fait faire aprés ſa mort, & les vers
qu'on preſente aux Princes, & les Soupirs
des Amans.

Pour les ſoupirs des Amans, interrompit la Marquiſe, je ne ſçai pas ſi du tems
de l'Arioſte ils étoient perdus ; mais en ce
tems-ci, je n'en connois point qui aillent
dans la Lune. N'y eût-il que vous, Madame, repris-je, vous y avez fait aller tous
ceux qu'on vous a adreſſez, & c'eſt dequoi
faire dans la Lune un amas conſidérable.
Enfin la Lune eſt ſi exacte à recuëillir ce qui

se perd ici bas que tout y est , mais l'A-
riose ne vous dit cela qu'à l'oreille , tout
y est jusqu'à la Donation de Constantin.
C'est que les Papes ont prétendu être Maî-
tres de Rome & de l'Italie en vertu d'une
Donation que l'Empereur Constantin leur
en avoit faite , & la verité est qu'on ne sçauroit dire ce qu'elle est devenuë. Mais devi-
nez de quelle sorte de choses on ne trouve
point dans la Lune ; de la Folie. Tout ce
qu'il y en a jamais eu sur la Terre , s'y est
très bien conservé. En récompense il n'est
pas croyable combien il y a dans la Lune
d'Esprits perdus. Ce sont autant de Phioles
pleines d'une liqueur fort subtile , & qui
s'évapore aisement si elle n'est enfermée , &
sur chacune de ces Phioles est écrit le nom de
celui à qui l'esprit apartient. Je croi que
l'Arioste les met toutes en un tas ; mais j'aime mieux me figurer qu'elles sont rangées
bien proprement dans de longues Galeries.
Astolfe fut fort étonné de voir que les Phioles de beaucoup de Gens qu'il avoit crûs
très sages , étoient pourtant bien pleines : &
pour moi je suis persuadé que la mienne
s'est remplie considérablement depuis que je
vous entretiens de Visions , tantôt Philosophiques , tantôt Poëtiques : mais ce qui
me console , c'est qu'il n'est pas possible que
par tout ce que je vous dis , je ne vous fasse avoir bien-tôt aussi une petite Phiole
dans la Lune. Le bon Paladin ne manqua
pas de trouver la sienne parmi tant d'autres. Il s'en saisit avec la permission de saint
Jean , & reprit tout son Esprit par le nez
comme de l'eau de la Reine de Hongrie ;
mais l'Arioste dit qu'il ne le porta pas bien
loin , & qu'il le laissa retourner dans la Lu-

ne par une folie qu'il fit à quelque tems de là. Il n'oublia pas la Phiole de Roland, qui étoit le sujet du Voyage. Il eût assez de peine à la porter, car l'Esprit de ce Heros étoit de sa nature assez pesant, & il n'y en manquoit pas une seule goute. Ensuite l'Arioste, selon sa loüable coûtume, de dire tout ce qu'il lui plaît, apostrophe sa Maîtresse, & lui dit en de fort beaux Vers, *Qui montera aux Cieux, ma Belle ; pour en raporter l'esprit que vos charmes m'ont fait perdre ? Je ne me plaindrois pas de cette perte là, pourvû qu'elle n'allât pas plus loin ; mais s'il faut que la chose continuë comme elle a commencé, je n'ai qu'à m'attendre à deviner tel que j'ai décrit Roland. Je ne croi pourtant pas que pour ravoir mon esprit, il soit besoin que j'aille par les airs, jusque dans la Lune, mon esprit ne loge pas si haut, il va errant sur vos yeux, sur vôtre bouche, & si vous voulez bien que je m'en ressaisisse, permettez que je le recueïlle avec mes lévres.* Cela n'est-il pas joli ? Pour moi, à raisonner comme l'Arioste, je serois d'avis qu'on ne perdit jamais l'esprit que par l'Amour, car vous voyez qu'il ne va pas bien loin, & qu'il ne faut que des lévres qui sçachent le recouvrer : mais quand on le perd par d'autres voyes, comme nous le perdons, par exemple, à Philosopher presentement, il va dans la Lune, & on ne le ratrape pas quand on veut. En récompense, répondit la Marquise, nos Phioles seront honorablement dans le Quartier des Phioles philosophiques, au lieu que nos Esprits iroient peut-être ici errans sur quelqu'un qui n'en seroit pas digne. Mais pour achever de m'ôter le mien, dites-moi, & dites-moi bien serieusement, si vous croyez qu'il y ait des hommes dans la

Lune,

Lune, car jusqu'à presént vous ne m'en avez pas parlé d'une maniere assez positive. Moi, repris-je ? Je ne crois point du tout qu'il y ait des hommes dans la Lune. Voyez combien la face de la Nature est changée d'ici à la Chine ; d'autres Visages, d'autres Figures, d'autres Mœurs, & presque d'autres Principes de raisonnement. D'ici à la Lune le changement doit être bien plus considérable. Quand on va vers de certaines Terres nouvellement découvertes, à peine sont-ce des hommes que les Habitans qu'on y trouve ; ce sont des Animaux à figure humaine, encore quelquefois assez imparfaite, mais presque sans aucune raison humaine. Qui pourroit pousser jusqu'à la Lune, assurément ce ne seroient plus des Hommes qu'on y trouveroit.

Quelles sortes de Gens seroient-ce donc, reprit la Marquise avec un air d'impatience ? De bonne foi, Madame, repliquai-je, je n'en sai rien. S'il se pouvoit faire que nous eussions de la raison, & que nous ne fussions pourtant pas hommes ; & si d'ailleurs nous habitions la Lune, nous imaginerions-nous bien qu'il y eût ici bas cette espece bizarre de Créatures qu'on apelle le Genre humain ? pourrions-nous bien nous figurer quelque chose qui eût des passions si folles, & des réflexions si sages ; une durée si courte, & des vûës si longues ; tant de Science sur des choses presque inutiles, & tant d'Ignorance sur les plus importantes ; tant d'ardeur pour la Liberté, & tant d'inclination à la servitude ; une si forte envie d'être heureux, & une si grande incapacité de l'être ? Il faudroit que les Gens de la Lune eussent bien de l'esprit, s'ils devinoient tout cela. Nous nous voyons inceſſamment nous-mêmes, & nous en ſommes encore à deviner comment nous ſommes faits. On a été réduit à dire que les Dieux étoient pleins de Nectar lors qu'ils firent les hommes, & que quand ils vinrent à regarder leur Ouvrage de ſang froid, il ne pûrent s'empêcher d'en rire. Nous voilà donc bien en ſûreté du côté des Gens de la Lune, dit la Marquiſe, ils ne nous devineront pas ; mais je voudrois que nous les puiſſions deviner ; car en verité cela inquiéte de ſçavoir qu'ils ſont là-haut dans cette Lune que nous voyons, & de ne pouvoir pas ſe figurer comment ils ſont faits. Et pourquoi, répondis-je, n'avez-vous point d'inquiétude ſur les Habitans de cette grande Terre Auſtrale qui nous eſt encore entierement connuë ? Nous ſommes portez eux & nous ſur un même Vaiſſeau dont ils occupent la Prouë, & nous la Pouppe. Vous voyez que de la Pouppe à la Prouë, il n'y a aucune communication, & qu'à un bout du Navire on ne ſçait point quelles Gens ſont à l'autre, ni ce qu'ils y font ; & vous voudriez ſçavoir ce qui ſe paſſe dans la Lune, dans cet autre Vaiſſeau qui flotte loin de nous par les Cieux ?

Oh ! reprit-elle, je compte les Habitans de la Terre Auſtrale pour connus, parce qu'aſſurément ils doivent nous reſſembler beaucoup, & qu'enfin on les connoîtra quand on voudra ſe donner la peine de les aller voir ; ils demeureront toûjours-là, & ne nous échaperont pas : mais ces Gens de la Lune, on ne les connoîtra jamais, cela eſt deſeſperant. Si je vous répondois ſerieuſement, repliquai-je, qu'on ne ſçait ce qui arrivera, vous vous mocqueriez de moi, & je le meriterois ſans doute. Cependant je me défendrois affez bien, fi je voulois. J'ai une penſée très ridicule, qui a un air de vrai-ſemblance qui me ſurprend ; je ne ſçai où je peux l'avoir pris, étant auſſi impertinente qu'elle eſt. Je gage que je vais vous réduire à avoüer contre toute raiſon, qu'il poura y avoir un jour du commerce entre la Terre & la Lune. Remettez-vous dans l'eſprit l'état où étoit l'Amerique avant qu'elle eût été découverte par Chriſtophe Colomb. Ses Habitans vivoient dans une ignorance extrême. Loin de connoître les Sciences, ils ne connoiſſoient pas les Arts les plus ſimples & les plus néceſſaires. Ils alloient nuds ; ils n'avoient point d'autres armes que l'Arc ; ils n'avoient jamais conçû que des hommes pûſſent être portez par des Animaux ; ils regardoient la Mer comme un grand eſpace défendu aux hommes, qui ſe joignoit au Ciel, & au delà duquel il n'y avoit rien. Il eſt vrai qu'après avoir paſſé des années entieres à creuſer le tronc d'un gros arbre avec des pierres tranchantes, ils ſe mettoient ſur Mer dans ce tronc, & alloient terre à terre portez par le vent & par les flots. Mais comme ce Vaiſſeau étoit ſujet à être ſouvent renverſé, il faloit qu'ils ſe miſſent auſſi-tôt à la nage pour le ratraper, & à proprement parler, ils nageoient toûjours, hormis le tems qu'ils s'y délaſſoient. Qui leur eût dit qu'il y avoit une ſorte de Navigation incomparablement plus parfaite ; qu'on pouvoit traverſer cette étenduë infinie d'eaux de tel côté & de tel ſens qu'on vouloit ; qu'on s'y pouvoit arrêter ſans mouvement au milieu des Flots émûs ; qu'on étoit maître de la vîteſſe avec laquelle on alloit ; qu'enfin cette Mer, quel-

C ij

que vaste qu'elle fût , n'étoit point un ob-
stacle à la communication des Peuples,
pourvû seulement qu'il y eût des Peuples
au delà ; vous pouvez compter qu'ils ne
l'eussent jamais crû. Cependant voilà un
beau jour, le Spectacle du monde le plus
étrange & le moins attendu qui se presente à eux. De grands corps énormes qui paroissent avoir des aîles blanches, qui volent
sur la Mer, qui vomissent du feu de toutes parts, & qui viennent jetter sur le rivage des Gens inconnus tout écaillez de fer,
disposant comme ils veulent des Monstres
qui courent sous eux, tenant en leur main
des Foudres dont ils terrassent ce qui leur
résiste. D'où sont-ils venus ? Qui a pû les
amener par dessus les Mers ? Qui a mis le
feu en leur disposicion ? Sont-ce des Dieux ?
Sont-ce les Enfans du Soleil ? car assurément
ce ne sont pas des Hommes. Je ne sçai ,
Madame, si vous entrez comme moi dans
la surprise des Ameriquains ; mais jamais il
ne peut y en avoir eu une pareille. Après
cela, je ne veux plus jurer qu'il ne puisse y
avoir commerce quelque jour entre la Lune
& la Terre. Les Ameriquains eussent-ils
crû qu'il y en eût dû avoir entre l'Amerique & l'Europe qu'ils ne connoissoient seulement pas ? Il est vrai qu'il faudra traverser ce grand espace d'Air & de Ciel qui est
entre la Terre & la Lune ; mais ces grandes Mers paroissoient-elles aux Ameriquains
plus propres à être traversées ? En verité , dit
la Marquise en me regardant, vous êtes
fou. Qui vous dit le contraire, répondis-
je ? Mais je veux vous le prouver, reprit-
elle , je ne me contente pas de l'aveu que
vous en faites. Les Ameriquains étoient si

ignorans, qu'ils n'avoient garde de soupçonner qu'on pût se faire des chemins au
travers des Mers si vastes ; mais nous qui
avons tant de connoissance, nous nous fi-
gurerions bien qu'on pût aller par les airs,
si l'on pouvoit effectivement y aller. On
fait plus que se figurer la chose possible, repliquai-je, on commence déja à voler un
peu; plusieurs personnes differentes ont trouvé le secret de s'ajuster des ailes qui les soû-
tiennent en l'air, de leur donner du mouvement, & de passer par dessus des Rivieres,
ou de voler d'un Clocher à un autre. A la
verité ce n'a pas été un vol d'Aigle, & il
en a quelquefois coûté à ces nouveaux Oiseaux un bras ou une jambe ; mais enfin cela ne represente encore que les premieres
planches que l'on a mises sur l'eau, & qui
ont été le commencement de la Navigation. De ces planches-là, il y avoit bien
loin jusqu'à de gros Navires qui pûssent
faire le tour du Monde. Cependant peu à
peu sont venus les gros Navires. L'art de
voler ne fait encore que de naître ; il se per-
fectionnera, & quelque jour on ira jusqu'à la
Lune. Pretendons-nous avoir découvert toutes choses, ou les avoir mises à un point qu'on
n'y puisse rien ajoûter ? Eh ! de grace, con-
sentons qu'il y ait encore quelque chose à
faire pour les Siecles à venir. Je ne con-
sentirai point, dit-elle, qu'on vole jamais
que d'une maniere à se rompre aussi-tôt le
cou. Et bien, lui répondis-je, si vous voulez qu'on vole toûjours si mal ici, on volera mieux dans la Lune ; ses Habitans seront plus propres que nous à ce métier ; car
il n'importe que nous allions là ou qu'ils
viennent ici, & nous serons comme les

Ameriquains, qui ne se figuroient pas qu'on pût naviger, quoi qu'à l'autre bout du Monde on navigeât fort bien. Les Gens de la Lune seroient donc déja venus, reprit-elle presque en colere. Les Européens n'ont été en Amerique qu'au bout de six mille ans, repliquai-je, en éclatant de rire, il leur falut ce tems-là pour perfectionner la Navigation jusqu'au point de pouvoir traverser l'Ocean. Les Gens de la Lune sçavent peut-être déja faire de petits voyages dans l'air ; à l'heure qu'il est, ils s'exercent ; quand ils seront plus habiles & plus expérimentez, nous les verrons, & Dieu sçait quelle surprise. Vous êtes insuportable, dit-elle, de me pousser à bout avec un raisonnement aussi creux que celui-là. Si vous me fachez repris-je, je sçai bien ce que j'ajoûterai encore pour le fortifier. Remarquez que le Monde se dévelope peu à peu. Les Anciens se tenoient bien sûrs que la Zone Torride, & les Zones Glaciales ne pouvoient être habitées à cause de l'excez ou du chaud ou du froid, & du tems des Romains ; la Carte generale de la Terre n'étoit guere plus étenduë que la Carte de leur Empire, ce qui avoit de la grandeur en un sens, & marquoit beaucoup d'ignorance en un autre. Cependant il ne laissa pas de se trouver des hommes, & dans des Païs trés chauds & dans des Païs trés froids ; voilà déja le Monde augmenté. Ensuite on jugea que l'Ocean couvroit toute la Terre, hormis ce qui étoit connu alors, & qu'il n'y avoit point d'Antipodes, car on n'en avoit jamais oüi parler, & puis auroient-ils eu les pieds en haut, & la tête en bas ? Aprés ce beau raisonnement on découvre pourtant les Antipodes. Nouvelle réformation à la Carte, nouvelle moitié de la Terre. Vous m'entendez bien, Madame, ces Antipodes là qu'on a trouvez contre toute esperance, devroient nous aprendre à être retenus dans nos jugemens. Le Monde achevera peut-être de se déveloper pour nous, on connoîtra jusqu'à la Lune. Nous n'en sommes pas encore là, parce que toute la Terre n'est pas découverte, & qu'aparemment il faut que tout cela se fasse d'ordre. Quand nous aurons bien connu nôtre habitation, il nous sera permis de connoître celle de nos Voisins, les Gens de la Lune. Sans mentir, dit la Marquise en me regardant attentivement, je vous trouve si profond sur cette matiere, qu'il n'est pas possible que vous ne croyez tout de bon ce que vous dites. J'en serois bien fâché, répondis-je, je veux seulement vous faire voir qu'on peut assez bien soûtenir une opinion chimerique, pour embarasser une personne d'esprit, mais non pas assez bien pour la persuader. Il n'y a que la verité qui persuade, même sans avoir besoin de paroître avec toutes ses preuves. Elle entre si naturellement dans l'esprit, que quand on l'aprend pour la premiere fois, il semble qu'on ne fasse que s'en souvenir. Ah ! vous me soulagez, repliqua la Marquise, vôtre faux raisonnement m'incommodoit, & je me sens plus en état d'aller me coucher tranquillement, si vous voulez bien que nous nous retirions.

TROISIE'ME SOIR.

Particularitez du Monde de la Lune. Que les autres Planettes sont habitées aussi.

LA Marquise voulut m'engager pendant le jour à poursuivre nos Entretiens, mais je lui representai que nous ne devions confier de telles réveries qu'à la Lune & aux Etoiles, puis qu'aussi bien elles en étoient l'objet. Nous ne manquâmes pas à aller le soir dans le Parc, qui devenoit un lieu consacré à nos Conversations sçavantes.

J'ai bien des nouvelles à vous aprendre, lui, dis-je, la Lune que je vous disois hier, qui selon toutes les aparences étoit habitée, pourroit ne l'être point ; j'ai pensé à une chose qui met ses Habitans en péril. Je ne souffrirai point cela, répondit-elle. Hier vous m'aviez préparée à voir ces Gens-là venir ici au premier jour, & aujourd'hui ils ne seroient seulement pas au monde ; vous ne vous joüeriez point ainsi de moi, vous m'avez fait croire les Habitans de la Lune, j'ai surmonté la peine que j'y avois ; je les croirai. Vous allez bien vîte, repris-je, il faut ne donner que la moitié de son esprit aux choses de cette espece que l'on croit, & en réserver une autre moitié libre, où le contraire puisse être admis, s'il en est besoin. Je ne me paye point de Sentences, repliqua-t-elle, allons au fait. Ne faut-il pas raisonner de la Lune comme de saint Denis ; Non, ré-

pondis-je, la Lune ne reſſemble pas autant à
la Terre que ſaint Denis reſſemble à Paris.
Le Soleil éleve de la Terre des Eaux, des exhalaiſons & des vapeurs, qui montent en
l'air juſqu'à quelque hauteur, s'y aſſemblent,
& forment les nuages. Ces nuages ſuſpen-
dus voltigent irrégulierement autour de nôtre Globe, & ombragent tantôt un Païs,
tantôt un autre. Qui verroit la Terre de loin,
remarqueroit ſouvent quelques changemens
ſur ſa face, parce qu'un grand Païs couvert
par des nuages, ſeroit un endroit obſcur, &
deviendroit plus lumineux dés qu'il ſeroit
découvert. On verroit des taches qui chan-
geroient de place, ou s'aſſembleroient di-
verſement, ou diſparoîtroient tout-à-fait.
On verroit donc auſſi ces mêmes changemens ſur la face de la Lune, ſi elle avoit des
nuages autour d'elle ; mais tout au contraire,
toutes ſes taches ſont fixes, ſes endroits lumineux le ſont toûjours, & voilà le malheur.
A ce compte là, le Soleil n'éleve point de vapeurs ni d'exhalaiſons de deſſus la Lune.
C'eſt donc un corps infiniment plus dur &
plus ſolide que nôtre Terre, dont les parties
les plus ſubtiles ſe dégagent aiſement d'avec
les autres, & montent en haut dés qu'elles
ſont miſes en mouvement par la chaleur. Il
faut que ce ſoit quelque amas de Rochers &
de Marbres, où il ne ſe fait point d'évaporations : d'ailleurs elles ſe font ſi naturellement
& ſi néceſſairement, où il y a des Eaux,
qu'il ne dóit point y avoir d'eaux où il ne
s'en fait point. Qui ſont donc les Habitans
de ces Rochers qui ne peuvent rien produi-
re, & de ce Païs qui n'a point d'eaux ? Et
quoi, s'écria-t-elle, il ne vous ſouvient plus
que vous m'avez aſſûrée qu'il y avoit dans la

C v

Lune des Mers que l'on diftinguoit d'ici ?
Ce n'eft qu'une conjecture, répondis-je,
j'en fuis bien fâché ; ces endroits obfcurs
qu'on prend pour des Mers, ne font peut-
être que de grandes cavitez. De la diftance
où nous fommes, il eft permis de ne pas deviner tout-à-fait jufte. Mais, dit-elle, cela
fuffira-t-il pour nous faire abandonner les
Habitans de la Lune ? Non pas tout-à-fait,
Madame, répondis-je, nous ne nous déter-
minerons ni pour eux, ni contre eux. Je
vous avoüé ma foibleffe, repliqua-t-elle, je
ne fuis point capable d'une fi parfaite indé-
termination, j'ai befoin de croire. Fixez-
moi promptement à une opinion fur les Habitans de la Lune ; confervons-les ou anéantif-
fons-les pour jamais, & qu'il n'en foit plus parlé ; mais confervons-les plûtôt, s'il fe peut ; j'ai
pris pour eux une inclination que j'aurois de
la peine à perdre. Je ne laifferai donc pas la
Lune deferte, repris-je, repeuplons-là pour
vous faire plaifir. A la verité, puifque l'a-
parence des taches de la Lune ne change
point, on ne peut pas croire qu'elle ait des
nuages autour d'elle, qui ombragent tantôt
une partie, tantôt une autre ; mais ce n'eft
pas à dire qu'elle ne pouffe point hors d'elle
de vapeurs ni d'exhalaifons. Nos nuages
que nous voyons portez en l'air ne font que
des exhalaifons & des vapeurs, qui au fortir
de la Terre étoient féparées en trop petites
parties pour pouvoir être vûës, & qui ont
rencontré un peu plus haut une froideur qui
les a refferrées, & renduës vifibles par la
réünion de leurs parties, après quoi ce font
de gros nuages qui flottent en l'air, où ils font
des Corps étrangers, jufqu'à ce qu'ils retombent en pluyes. Mais ces mêmes vapeurs, &

ces mêmes exhalaisons se tiennent quelquefois assez dispersées pour être imperceptibles, & ne se ramassent qu'en formant des
rosées très subtiles, qu'on ne voit tomber
d'aucune nuée. Il se peut aussi que des vapeurs
sortent de la Lune, car enfin il faut qu'il
en sorte, il n'est pas croyable que la Lune
soit une masse dont toutes les parties soient
d'une égale solidité, toutes également en repos les unes auprés des autres, toutes incapables de recevoir aucun changement de l'a-
ction du Soleil sur elles ; nous ne connoissons
aucun corps de cette nature, les Marbres
même n'en sont pas, tout ce qui est le plus
solide change & s'altere, ou par le mouvement secret & invisible qu'il a en lui-même,
ou par celui qu'il reçoit de dehors : Il se peut
donc que les vapeurs qui sortent de la Lune,
ne se rassemblent point autour d'elle en nuages, & ne retombent point sur elle en pluyes,
mais seulement en rosées. Il suffit pour cela
que l'air, dont aparemment la Lune est environnée en son particulier, comme nôtre
Terre l'est du sien, soit un peu différent de
nôtre air, & les vapeurs de la Lune un peu
differentes des vapeurs de la Terre, ce qui
est quelque chose de plus que vrai semblable. Sur ce pied-là, il faudra que la matiere
étant disposée dans la Lune autrement que
sur la Terre, les effets soient diferens ; mais
il n'importe ; du moment que nous avons
trouvé un mouvement interieur dans les parties de la Lune, ou produit par des causes
étrangeres, voilà ses Habitans qui renais-
sent, & nous avons le fond nécessaire pour
leur subsistance. Cela nous fournira des
fruits, des bleds, des eaux, & tout ce que
nous voudrons. J'entends des fruits, des

bles des eaux à la maniere de la Lune que je fais profession de ne pas connoître, le tout proportionné aux besoins de ses Habitans, que je ne connois pas non plus.

C'est-à-dire, me dit la Marquise, que vous sçavez seulement que tout est bien, sans sçavoir comme il est; c'est beaucoup d'ignoran-ce sur bien peu de science; mais il faut s'en consoler; je suis encore trop heureuse que vous ayez rendu à la Lune ses habitans. Je suis même fort contente que vous lui don-niez un Air qui l'envelope en son particulier; il me sembleroit desormais que sans cela une Planete seroit trop nud.

Ces deux Airs differens, repris-je, contri-buent à empêcher la communication des deux Planetes. S'il ne tenoit qu'à voler, qui sçavons-nous, comme je vous disois bien, on ne volera pas fort bien quelque jour? J'a-vouë pourtant qu'il n'y a pas beaucoup d'ap-parence. Le grand éloignement de la Lune à la Terre seroit encore une difficulté à sur-monter, qui est assurément considérable; mais quand même elle ne s'y rencontreroit pas, quand même les deux Planetes seroient fort proches, il ne seroit pas possible de pas-ser de l'Air de l'une dans l'Air de l'autre. L'eau est l'air des Poissons, ils ne passent ja-mais dans l'air des Oiseaux, ni les Oiseaux dans l'air des Poissons; ce n'est pas la distan-ce qui les en empêche, c'est que chacun a pour prison l'air qu'il respire. Nous trouvons que le nôtre est mêlé de vapeurs plus épaisses & plus grossieres que celui de la Lune. A ce compte un Habitant de la Lune qui seroit ar-rivé aux confins de nôtre Monde, se noye-roit dès qu'il entreroit dans nôtre Air, & nous le verrions tomber mort sur la Terre.

Oh! que j'aurois d'envie, s'écria la Marquise, qu'il arrivât quelque grand naufrage qui répandît ici bon nombre de ces gens-là, dont nous irions considérer à nôtre aise les figures extraordinaires! Mais, repliquai-je, s'ils étoient assez habiles pour naviger sur la surface exterieure de nôtre Air, & que de là par la curiosité de nous voir, ils nous pêchassent comme des Poissons, cela vous plairoit-il? Pourquoi non, répondit-elle en riant? Pour moi je me mettrois de mon propre mouvement dans leurs Filets, seulement pour avoir le plaisir de voir ceux qui m'auroient pêchée.

Songez, repliquai-je, que vous n'arriveriez que bien malade au haut de nôtre Air; il n'est pas respirable pour nous dans toute son étenduë, il s'en faut bien; il ne l'est déja presque plus au haut de certaines Montagnes, & je m'étonne bien que ceux qui ont la folie de croire que des Genies corporels habitent l'air le plus pur, ne disent aussi que ce qui fait que ces Genies ne nous rendent que des visites & trés rares & trés courtes, c'est qu'il y en a peu d'entr'eux qui sçachent plonger, & que ceux-là même ne peuvent faire jusqu'au fond de cet air épais où nous sommes, que des plongeons de trés peu de durée. Voilà donc bien des barrieres naturelles qui nous deffendent la sortie de nôtre Monde, & l'entrée de celui de la Lune. Tâchons du moins, pour nôtre consolation, à deviner ce que nous pourrons de ce Monde-là. Je croi, par exemple, qu'il faut qu'on y voye le Ciel, le Soleil & les Astres d'une autre couleur que nous ne les voyons. Tous ces objets ne nous paroissent qu'au travers d'une es-

pece de Lunette naturelle qui nous les change. Cette Lunette, c'est nôtre Air mêlé
comme il est de vapeurs, & d'exhalaisons,
& qui ne s'étend pas bien haut. Quelques
Modernes prétendent que de lui - même il
est bleu aussi-bien que l'eau de la Mer, &
que cette couleur ne paroît dans l'un &
dans l'autre qu'à une grande profondeur.
Le Ciel, disent-ils, où sont attachées les
Etoiles Fixes, n'a de lui-même aucune lumiere, & par conséquent il devroit paroître noir ; mais on le voit au travers de l'Air,
qui est bleu, & il paroît bleu. Si cela est,
les rayons du Soleil & des Etoiles ne peuvent passer au travers de l'Air sans se tein-
dre un peu de sa couleur, & perdre autant
de celle qui leur est naturelle. Mais quand
même l'Air ne seroit pas coloré de lui-
même, il est certain qu'au travers d'un gros
broüillard, la lumiere d'un flambeau qu'on
voit un peu de loin, paroît toute rougeâ-
tre, quoique ce ne soit pas sa vraye couleur ; & nôtre Air n'est non plus qu'un gros
broüillard, qui nous doit alterer la vraye
couleur & du Ciel, & du Soleil, & des
Etoiles. Il n'apartiendroit qu'à la matiere
celeste de nous aporter la lumiere & les couleurs dans toutes leur pureté, & telles qu'elles sont. Ainsi, puisque l'Air de la Lune est
d'une autre nature que nôtre Air, ou il est
teint en lui-même d'une autre couleur, ou
du moins c'est un autre broüillard qui cause
une autre alteration aux couleurs des corps
celestes. Enfin, à l'égard des Gens de la Lune,
cette Lunette au travers de laquelle on voit
tout, est changée.

Cela me fait préferer nôtre séjour à celui
de la Lune, dit la Marquise, je ne sçaurois

croire que l'assortiment des couleurs celestes y soit aussi beau qu'il est ici. Mettons, si vous voulez, un Ciel rouge, & des Etoiles vertes, l'effet n'est pas si agréable que des Etoiles couleur d'or sur du bleu. On diroit, à vous entendre, repris-je, que vous assortiriez un habit ou un meuble; mais croyez-moi, la nature a bien de l'esprit; laissez-lui le soin d'inventer un assortiment de couleur pour la Lune, & je vous garantis qu'il sera bien entendu. Elle n'aura pas manqué de varier le Spectacle de l'Univers à chaque point de vûë different, & de le varier d'une maniere toûjours agréable.

Je reconnois son adresse, interrompit la Marquise, elle s'est épargné la peine de changer les objets pour chaque point de vûë, elle n'a changé que les Lunettes, & elle a l'honneur de cette grande diversité, sans en avoir fait la dépense. Avec un Air bleu, elle nous donne un Ciel bleu, & peut-être avec un air rouge, elle donne un Ciel rouge aux Habitans de la Lune, c'est pourtant toûjours le même Ciel. Il me paroît qu'elle nous a mis aussi dans l'imagination de certaines Lunettes, au travers desquelles on voit tout, & qui changent fort les objets à l'égard de chaque homme. Alexandre voyoit la Terre comme une belle place bien propre à y établir un grand Empire. Celadon ne la voyoit que comme le sejour d'Astrée. Un Philosophe la voit comme une grosse Planete qui va par les Cieux, toute couverte de Fous. Je ne crois pas que le Spectacle change plus de la Terre à la Lune, qu'il fait ici d'imagination à imagination.

Le changement de Spectacle est plus sur-

prenant dans nos imaginations, repliquai-
je, car ce ne font que les mêmes objets
qu'on voit fi differemment ; du moins dans
la Lune on peut voir d'autres objets, ou
ne pas voir quelques-uns de ceux qu'on voit
ici. Peut-être ne connoiffent-ils point en ce
Païs-là l'Aurore ni les Crepufcules. L'Air
qui nous environne, & qui eft élevé au deffus de nous, reçoit des rayons qui ne pouroient pas tomber fur la terre, & parce qu'il
eft fort groffier, il en arrête une partie ; &
nous les envoye, quoi qu'ils ne nous fuf-
fent pas naturellement deftinez. Ainfi l'Aurore & les Crepufcules font une grace que
la Nature nous fait ; c'eft une lumiere que
regulierement nous ne devrions point avoir,
& qu'elle nous donne par deffus ce qui
nous eft dû. Mais dans la Lune, ou aparemment l'Air eft plus pur, il pourroit bien
n'être pas fi propre à renvoyer en bas les
rayons qu'il reçoit avant que le Soleil fe
leve, ou aprés qu'il eft couché. Les pau-
vres Habitans n'ont donc point cette lumiere de faveur, qui en fe fortifiant peu à
peu, les préparoit agréablement à l'arrivée
du Soleil, ou qui en s'affoibliffant comme
de nuance en nuance, les accoûtumeroit à
fa perte. Ils font dans des tenébres profondes, & tout d'un coup il femble qu'on tire
un rideau, voilà leurs yeux frapez de tout
l'éclat qui eft dans le Soleil ; ils font dans
une lumiere vive & éclatante, & tout d'un
coup les voilà tombez dans des tenébres
profondes. Le jour & la nuit ne font point
liez par un milieu qui tienne de l'un &
de l'autre. L'Arc-en-Ciel eft encore une
chofe qui manque aux Gens de la Lune, car
fi l'Aurore eft un effet de la groffiereté de

l'air & des vapeurs, l'Arc-en-Ciel se forme
dans les nuages, d'où tombent les pluyes,
& nous devons les plus belles choses du
monde à celles qui le sont le moins. Puis
qu'il n'y a autour de la Lune ni vapeurs assez
grossieres ni nuages pluvieux ; adieu l'Arc-en-
ciel avec l'Aurore, & à quoi ressembleront les
belles de ce Païs-là ? Quelle source de comparaison perduë !

Je n'aurois pas grand regret à ces com-
paraisons-là, dit la Marquise, & je trouve
qu'on est assez bien récompensé dans la Lune, de n'avoir ni Aurore, ni Arc-en-Ciel ;
car on ne doit avoir par la même raison ni
Foudres ni Tonnerres, puisque ce sont aussi
des choses qui se forment dans les nuages.
On a de beaux jours toûjours sereins, pendant lesquels on ne perd point le Soleil de
vûë. On n'a point de nuits où toutes les
Etoiles ne se montrent, on ne connoît ni
les orages ni les tempêtes, ni tout ce qui
paroît être un effet de la colere du Ciel ;
trouverez-vous qu'on soit tant à plaindre ?
Vous me faites voir la Lune comme un sejour enchanté, répondis-je ; cependant je
ne sçai s'il est si délicieux d'avoir toûjours
sur la tête, pendant des jours qui en valent
quinze des nôtres, un Soleil ardent dont
aucun nuage ne modére la chaleur. Peut-
être aussi est-ce à cause de cela que la Nature a creusé dans la Lune des especes de
Puits, qui sont assez grands pour être aper-
çûs par nos Lunetes ; car ce ne sont point
des Vallées qui soient entre des Montagnes ;
ce sont des creux que l'on voit au milieu
de certains lieux plats. Que sçait-on si les
Habitans de la Lune, incommodez par
l'ardeur perpetuelle du Soleil, ne se refu-

gient point dans ces grands Puits? Ils n'habitent peut-être point ailleurs; c'est là qu'ils
bâtissent leurs Villes. Nous voyons-ici que
la Rome souterraine étoit presque aussi
grande que la Rome qui étoit sur la Terre.
Il ne faudroit qu'ôter celle-ci, le reste seroit une Ville à la maniere de la Lune. Tout
un peuple est dans un Puits, & d'un Puits
à l'autre il y a des chemins souterrains pour
la communication des Peuples. Vous vous
moquez de cette vision, j'y consens de tout
mon cœur ; cependant à vous parler très
serieusement, vous pourriez vous tromper
plûtôt que moi. Vous croyez que les Gens
de la Lune doivent habiter sur la surface de
leur Planete, parce que nous habitons sur
la surface de la nôtre : c'est tout le contraire, puisque nous habitons sur la surface de
nôtre Planette, ils pourroient bien n'habiter pas sur la surface de la leur. D'ici là il
faut que toutes choses soient bien differentes.

Il n'importe, dit la Marquise, je ne puis
me résoudre à laisser vivre les habitans de la
Lune dans une obscurité perpetuelle. Vous y
auriez encore plus de peine, repris-je, si
vous sçaviez qu'un grand Philosophe de
l'Antiquité a fait de la Lune le sejour des
Ames qui ont mérité ici d'être bien-heureu-
ses. Toute leur félicité consiste en ce qu'elles
y entendent l'harmonie que les Corps Celestes font par leurs mouvemens ; mais comme
il prétend que quand la Lune tombe dans
l'Ombre de la Terre, elles ne peuvent plus
entendre cette Harmonie : alors, dit-il, ces
Ames crient comme des desesperées, & la
Lune se hâte le plus qu'elle peut de les tirer
d'un endroit si fâcheux. Nous devrions donc,

repliqua-t-elle, voir arriver ici les bienheu-
reux de la Lune, car aparemment on nous
les envoye aussi, & dans ces deux Planetes
on croit avoir assez pourvû à la felicité des
Ames, de les avoir transportées dans un
autre Monde. Serieusement, repris-je, ce ne
seroit pas un plaisir médiocre de voir plusieurs mondes differens. Ce voyage me ré-
joüit quelquefois beaucoup à ne le faire qu'en
imagination, & que seroit ce si on le faisoit
en effet ? Cela vaudroit bien mieux que d'aller d'ici au Japon, c'est-à-dire de ramper
avec beaucoup de peine d'un point de la Terre sur un autre pour ne voir que des hommes.
Et bien, dit-elle, faisons le Voyage des Planetes, comme nous pourrons ; qui nous en
empêche ? Allons nous placer dans tous ces
differens points de vûë, & de là considérons
l'Univers. N'avons-nous plus rien à voir dans
la Lune ? Ce Monde là n'est pas encore épui-
sé, répondis-je. Vous vous souvenez bien
que les deux mouvemens, par lesquels la
Lune tourne sur elle-même & autour de
nous, étant egaux, l'un rend toûjours à nos
yeux ce que l'autre leur devroit dérober, &
qu'ainsi elle nous presente toûjours la même
face. Il n'y a donc que cette moitié là qui
nous voye, & comme la Lune doit être cen-
sée ne tourner point sur son centre à nôtre
egard, cette moitié qui nous voit, nous voit
toûjours, & toûjours attachez au même endroit du Ciel. Quand elle est dans la nuit, &
ces nuits là valent quinze de nos jours, elle
voit d'abord un petit coin de la Terre éclairé, ensuite un plus grand, & presque d'heure
en heure la lumiere lui paroît se répandre sur
la face de la Terre, jusqu'à ce qu'enfin elle la
couvre entiere, au lieu que ces mêmes chan-

gemens ne nous paroiſſent arriver ſur la Lune que d'une nuit à l'autre, parce que nous la
perdons long-tems de vûë. Je voudrois bien
pouvoir deviner les mauvais raiſonnemens
que font les Philoſophes de ce Monde-là,
ſur ce que nôtre Terre leur paroît immobile,
lorſque tous les autres Corps Celeſtes ſe levent & ſe couchent ſur leurs têtes en quinze
jours. Ils attribuent aparemment cette immobilité à ſa groſſeur, car elle eſt quarante
fois plus groſſe que la Lune, & quand les
Poëtes veulent loüer les Princes oiſifs, je ne
doute pas qu'ils ne ſe ſervent de l'exemple de
ce repos majeſtueux. Cependant voici une
difficulté. On voit fort ſenſiblement dedans
la Lune, nôtre Terre tourner ſur ſon centre.
Repreſentez-vous nôtre Europe, nôtre Aſie,
nôtre Amerique, qui ſe preſentent à eux l'u-
ne aprés l'autre en petit, & differemment fi-
gurées, à peu prés comme nous les voyons
ſur les Cartes. Que ce ſpectacle doit paroître
nouveau aux voyageurs, qui paſſent de la
moitié de la Lune qui ne vous voit jamais, à
celle qui nous voit toûjours. Ah! que l'on
s'eſt bien gardé de croire les Relations des
premiers qui en ont parlé, lors qu'ils ont été
de retour en ce grand Païs auſquels nous ſommes inconnus! Il me vient en eſprit, dit la
Marquiſe, que de ce Païs-là dans l'autre, il
ſe fait des eſpeces de Pelerinages pour venir
nous conſidérer, & qu'il y a des honneurs &
des priviléges pour ceux qui ont vû une fois
en leur vie la groſſe Planete. Du moins, repris-je, ceux qui la voyent ont le privilége
d'être mieux éclairez pendant leurs nuits,
l'habitation de l'autre moitié de la Lune doit
être beaucoup moins commode à cet égard
là : Mais, Madame, continuons le voyage

que nous avions entrepris de faire de Planete
en Planete, nous avons assez exactement vi-
sité la Lune. Au sortir de la Lune en tirant
vers le Soleil, on trouve Venus : Sur Venus,
je reprens le saint Denis. Venus tourne sur
elle-même, & autour du Soleil comme la
Lune : on découvre avec les Lunettes d'aproche, que Venus, aussi-bien que la Lune, est
tantôt en Croissant, tantôt en decours, tantôt
pleine, selon les diverses situations où elle est
à l'égard de la Terre.

La Lune, selon toutes les aparences, est
habitée, pourquoi Venus ne le sera-t-elle pas
aussi ? Mais interrompit la Marquise, en di-
sant toûjours, *pourquoi non ?* vous m'allez mettre des Habitans dans toutes les Planetes.
N'en doutez pas, repliquai-je, ce *pourquoi
non*, a une vertu qui suffira pour peupler tout.
Nous voyons que toutes les Planetes sont de
la même nature, toutes des Corps opaques
qui ne reçoivent de la lumiere que du Soleil,
qui se la renvoyent les uns aux autres, & qui
n'ont que les mêmes mouvemens, jusque-là
tout est égal. Cependant il faudroit conce-
voir que ces grands Corps auroient été faits
pour n'être point habitez, que ce seroit-là
leur condition naturelle, & qu'il y auroit
une exception justement en faveur de la Terre toute seule. Qui voudra le croire, le croye;
pour moi, je ne m'y puis pas résoudre. Je
vous trouve, dit-elle, bien affermi dans vôtre opinion depuis quelques instans. Je viens
de voir le moment que la Lune seroit deser-
te, & que vous ne vous en souciez pas beaucoup, & presentement si on osoit vous dire
que toutes les Planetes ne sont pas aussi habitées que la Terre, je voi bien que vous vous
mettriez en colere. Il est vrai, répondis-je,

que dans le moment où vous venez de me
surprendre, si vous m'eussiez contredit sur
les Habitans des Planetes, non seulement je
vous les aurois soûtenus, mais je crois que je
vous aurois dit comment ils étoient tous
faits. Il y a des momens pour croire, & je
ne les ai jamais si bien crûs que dans celui-là;
presentement même que je suis un peu plus
de sang froid, je ne laisse pas de trouver qu'il
seroit bien étrange que la Terre fût aussi habitée qu'elle l'est, & que les autres Planetes
ne le fussent point du tout; car ne croyez pas
que nous voyons tout ce qui habite la Terre:
il y a autant d'especes d'animaux invisibles
que de visibles. Nous voyons depuis l'Ele-
phan jusqu'au Ciron, là finit nôtre vûë,
mais au Ciron commence une multitude infinie d'Animaux, dont il est l'Elephant, &
que nos yeux ne sçauroient apercevoir sans
secours. On a vû avec des Lunettes de trés
petites gouttes d'Eau de Pluye, ou de Vinai-
gre, où d'autres Liqueurs, remplies, de petits Poissons ou de petits Serpens que l'on
n'auroit jamais soupçonnez d'y habiter: & il
y a quelque aparence que le goût qu'elles font
sentir, sont les piqueures que ces petits Animaux font à la langue & au palais. Mêlez de
certaines choses dans quelques-unes de ces
Liqueurs, ou exposez-les au Soleil, ou lais-
sez-les se corrompre, voilà aussi-tôt de nouvelles especes de petits Animaux.

Beaucoup de corps qui paroissent solides
ne sont que des amas de ces Animaux imperceptibles, qui y trouvent pour leurs mouvemens autant de liberté qu'il leur en faut.
Une feüille d'Arbre est un petit Monde habité par des Vermisseaux invisibles, à qui elle
paroît d'une étenduë immense, qui y connois-

sent des Montagnes & des Abîmes, & qui
d'un côté de la feüille à l'autre n'ont pas plus
de communication avec les autres Vermis-
feaux qui y vivent, que nous avec nos Antipodes. A plus forte raison, ce me femble,
une groffe Planete fera-t-elle un Monde habité. On a trouvé jufque dans des efpeces de
pierres très dures de petits Vers fans nombre, qui y étoient logez de toutes parts dans
des vuides infenfibles, & qui ne fe nourrif-
foient que de la fubftance de ces pierres qu'ils
rongeoient. Figurez-vous combien il y avoit
de ces petits Vers, & pendant combien d'années ils fubfiftoient de la groffeur d'un grain
de fable ; & fur cet exemple, quand la Lune ne feroit qu'un amas de rochers, je la
ferois plûtôt ronger par fes Habitans que de
n'y en pas mettre. Enfin tout eft vivant,
tout eft animé : mettez toutes ces efpeces
d'Animaux nouvellement découvertes, &
même toutes celles que l'on conçoit aifément qui font encore à découvrir, avec celles que l'on a toûjours vûës, vous trouverez
affurément que la Terre eft bien peuplée, &
que la Nature y a fi liberalement répandu les
Animaux, qu'elle ne s'eft pas mife en peine
que l'on en vît feulement la moitié. Croyez-
vous qu'après qu'elle a pouffe ici fa fecondité
jufqu'à l'excez, elle ait été pour toutes les
autres Planetes d'une fterilité à n'y rien pro-
duire de vivant !

Ma raifon eft affez bien convaincuë, dit
la Marquife, mais mon imagination eft ac-
cablée de la multitude infinie des Habitans
de toutes ces Planetes, & embaraffée de
la diverfité qu'il faut établir entr'eux ; car
je voi bien que la Nature, felon qu'elle
eft ennemie des répetitions, les aura tous

faits differens, mais comment se representer cela ? Ce n'est pas à l'imagination à prétendre le representer, répondis-je, elle n'est
pas propre à aller plus loin que les yeux.
On peut seulement apercevoir d'une certaine vûë universelle, la diversité que la
Nature doit avoir mise entre tous ces Mondes. Tous les visages sont en general sur un
même modéle ; mais ceux de deux grandes
Nations, comme des Européens, si vous voulez, & des Affriquains paroissent être faits
sur deux modéles particuliers, & il faudroit
encore trouver le modéle des visages de chaque Famille. Quel secret doit avoir eu la
Nature pour varier en tant de manieres une
chose aussi simple qu'un visage ? Nous ne
sommes dans l'Univers que comme une petite Famille, dont tous les visages se ressemblent ; dans une autre Planete, c'est une
autre Famille dont les visages ont un autre air.

Aparemment les differences augmentent
à mesure que l'on s'éloigne : & qui verroit
un Habitant de la Lune, & un Habitant
de la Terre, remarqueroit bien qu'il seroit
de deux Mondes plus voisins qu'un Habitant de la Terre & un Habitant de Saturne.
Ici, par exemple, on a l'usage de la voix;
ailleurs on ne parle que par signes ; plus loin
on ne parle point du tout. Ici, le raisonnement se forme entierement par l'expérience ; ailleurs l'expérience y ajoûte fort peu
de chose ; plus loin les vieillards n'en sçavent pas plus que les Enfans. Ici, on se
tourmente de l'avenir plus que du passé ;
ailleurs on se tourmente du passé plus que
de l'avenir ; plus loin on ne se tourmente ni
de l'un ni de l'autre, & ceux-là ne sont peut-
être

Etre pas les plus malheureux. On dit qu'il pourroit bien nous manquer un sixiéme Sens naturel, qui nous aprendroit beaucoup de choses que nous ignorons. Ce sixiéme Sens est aparemment dans quelque autre monde, où il manque quelqu'un des cinq que nous possedons. Peut-être même y a-t-il effectivement un grand nombre de Sens naturels ; mais dans le partage que nous avons fait avec les Habitans des autres Planetes, il ne nous en est échû que cinq, dont nous nous contentons faute d'en connoître d'autres. Nos sciences ont de certaines bornes que l'Esprit humain n'a jamais pû passer, il y a un point où elles nous manquent tout à coup ; le reste est pour d'autres Mondes, où quelque chose de ce que nous sçavons est inconnu. Cette Planete-ci joüit des douceurs de l'Amour ; mais elle est toûjours desolée en plusieurs de ses parties par les fureurs de la Guerre. Dans une autre Planete on joüit d'une Paix éternelle ; mais au milieu de cette Paix on ne reconnoît point l'Amour, & on s'ennuye. Enfin ce que la Nature pratique en petit entre les Hommes pour la distribution du bonheur ou des talens, elle l'aura sans doute pratiqué en grand entre les Mondes ; & elle se sera bien souvenuë de mettre en usage ce secret merveilleux qu'elle a de diversifier toutes choses, & de les égaler en même-tems par les compensations.

Etes-vous contente, Madame, ajoûtai-je, en quittant le ton serieux ? Vous ai-je debité assez de chimeres ? Vraiment, répondit-elle, il me semble que j'ai presentement moins de peine à attraper les differences de tous ces Mondes. Mon imagination travaille sur le plan que vous m'avez donné. Je me represente, comme je puis, des Caracteres & des Coûtumes extraordinaires pour les Habitans des Planetes, & je leur compose mêmes des figures tout-à-fait bizarres. Je ne vous les pourois pas décrire, mais je voi pourtant quelque chose. Pour ces figures-là, repliquai-je, je vous conseille d'en laisser le soin aux Songes que vous aurez cette nuit. Nous verrons demain s'ils vous auront bien servis, & s'ils vous auront apris comment sont faits les Habitans de quelque Planete.

QUATRIE'ME SOIR.

Particularitez des Mondes de Venus, de Mercure, de Mars, de Jupiter, & de Saturne.

LEs Songes ne furent point heureux : ils representerent toûjours quelque chose qui ressembloit à ce que l'on voit ici. J'eus lieu de reprocher à la Marquise ce que nous reprochent à la vûë de nos Tableaux, de certains Peuples qui ne font jamais que des Peintures bizarres, & crotesques. *Bon*, nous disent-ils, *cela est tout fait comme des hommes, il n'y a pas là d'imagination.* Il falut donc se résoudre à ignorer les figures des Habitans de toutes ces Planetes, & se contenter d'en deviner ce que nous pourrions en continuant le Voyage des Mondes que nous avions commencé. Nous en étions à Venus. On

eſt bien ſûr, dis-je à la Marquiſe, que Venus tourne ſur elle même, mais on ne ſçait
pas bien en quel tems, ni par conſéquent
combien ſes jours durent. Pour ſes années,
elles ne ſont que de huit mois, puis qu'elle
tourne en ce tems-là autour du Soleil. Comme elle eſt quarante fois plus petite que la
Terre, la Terre de dedans Venus paroît une
Planete quarante fois plus grande, que Venus ne nous paroît d'ici ; & comme la Lune eſt auſſi quarante fois plus petite que la
Terre, elle paroît de dedans Venus à peu
prés de la même grandeur dont Venus nous
paroît d'ici.

Vous m'affligez, dit la Marquiſe. Je voi
bien que la Terre n'eſt pas pour Venus l'E-
toile du Berger, & la Mere des Amours,
comme Venus l'eſt pour la Terre ; car la
Terre de dedans Venus paroît trop grande ;
mais la Lune qui y paroît de la même grandeur dont Venus nous paroît d'ici, eſt juſtement taillée comme il faut pour y être Mere
des Amours & Etoile du Berger. Ces noms
ne peuvent convenir qu'à une petite Planete
qui ſoit jolie, claire, brillante, & qui ait un
air galant. C'eſt aſſûrément une deſtinée
agréable pour nôtre Lune que de préſider aux
Amours des Habitans de Venus, ces Gens-là
doivent bien entendre la galanterie. Oh !
ſans doute, répondis-je, le menu Peuple de
Venus n'eſt compoſé que de Celadons & de
Silvandres, & leurs Converſations les plus
communes valent les plus belles de Clelie. Le
climat eſt trés favorable aux Amours, Venus
eſt plus proche que nous du Soleil, & en
reçoit une lumiere plus vive & plus de chaleur.

Je voi preſentement, interrompit la Mar-

quise, comment sont faits les Habitans de
Venus. Ils reſſemblent aux Mores Grenadins; un petit Peuple noir, brûlé du Soleil,
plein d'eſprit & de feu, toûjours amou-
reux, faiſant des Vers, aimant la Muſi-
que, inventant tous les jours des Fêtes, des
Danſes & des Tournois. Permettez-moi de
vous dire, Madame, repliquai-je, que vous
ne connoiſſez guere bien les Habitans de
Venus. Nos Mores Grenadins n'auroient été
auprés d'eux que des Lappons & des Groen-
landois pour la froideur & pour la ſtupi-
dité.

Mais que ſera-ce des Habitans de Mercure ? Ils ſont encore plus proches du Soleil ; il faut qu'ils ſoient fous à force de
vivacité. Je croi qu'ils n'ont point de mémoire, non plus que la plûpart des Négres,
qu'ils ne font jamais de réflexion ſur rien,
qu'ils n'agiſſent qu'à l'avanture, & par des
mouvemens ſubits ; & qu'enfin, c'eſt dans
Mercure que ſont les petites Maiſons de
l'Univers. Ils voyent le Soleil beaucoup
plus grand que nous ne le voyons, parce
qu'ils en ſont beaucoup plus proches. Il leur
envoye une lumiere ſi forte, que s'ils étoient
ici, ils ne prendroient nos plus beaux jours
que pour de trés foibles Crepuſcules, &
peut-être n'y pouroient-ils pas diſtinguer
les objets ; & la chaleur à laquelle ils ſont
accoûtumez eſt ſi exceſſive, que celle qu'il
fait ici au fond de l'Afrique, ſeroit propre
à les glacer. Leur année n'eſt que de trois
mois. La durée de leur jour ne nous eſt
point connuë, parce que Mercure eſt ſi petit & ſi proche du Soleil, dans les rayons
duquel il eſt preſque toûjours perdu, qu'il
échape à toute l'adreſſe des Aſtronomes, &

qu'on n'a pû encore avoir affez de prife fur
lui, pour obferver le mouvement qu'il doit
avoir fur fon centre ; mais fa petiteffe fait
croire qu'il acheve ce tour en peu de tems ;
que par confequent le jour de Mercure eft
fort court, & que les Habitans voyent le
Soleil comme un grand poële ardent, peu
éloigné de leurs têtes, & qui va d'une rapi-
dité prodigieufe. Cela en eft mieux pour eux,
car aparemment ils foûpirent aprés la nuit.
Ils font éclairez pendant ce tems-là de Venus,
& de la Terre, qui leur doivent paroître affez
grandes. Pour les autres Planettes, comme
elles font au de-là de la terre vers le Firma-
ment, ils les voyent plus petites que nous ne
les voyons, & n'en reçoivent que bien peu de
lumiere ; peut-être n'en reçoivent-ils point
du tout. Les Etoiles fixes font aufli plus petites pour eux, & même il doit y en avoir
beaucoup qui difparoiffent entierement ;
c'eft, felon moi, une perte. Je ferois bien fâché de voir cette grande voûte ornée de moins
d'Etoiles, & de ne voir celles qui me refte-
roient, que plus petites, & d'une couleur plus
effacée.

Je ne fuis pas fi touchée, dit la Marquife,
de cette perte-là que font les Habitans de
Mercure, que de l'incommodité qu'ils reçoivent de l'excés de la chaleur. Je voudrois
bien que nous les foulageaffions un peu. Donnons à Mercure de longues & d'abondantes
pluyes qui le rafraîchiffent, comme on dit
qu'il en tombe ici dans les païs chauds pendant des quatre mois entiers, juftement dans
les faifons les plus chaudes.

Cela fe peut, repris-je, & même nous pouvons rafraîchir encore Mercure d'une autre
façon. Il y a des Païs dans la Chine qui doi-

vent être très chauds par leur situation, &
où il fait pourtant de grands froids pendant les mois de Juillet & d'Août, jusque-
là que les Rivieres se gellent. C'est que ces
contrées-là ont beaucoup de Salpêtre ; les
exhalaisons en sont fort froides, & la force de la chaleur les fait sortir de la Terre
en grande abondance. Mercure sera, si vous
voulez, une petite Planete toute de Salpêtre, & le Soleil tirera d'elle-même le reme-
de au mal qu'il lui pouroit faire. Ce qu'il
y a de sûr, c'est que la nature ne sçauroit
faire vivre les Gens qu'où ils peuvent vivre, & que l'habitude jointe à l'ignorance
de quelque chose de meilleur, survient, &
les y fait vivre agréablement. Ainsi on pouroit même se passer dans Mercure du Salpêtre
& des pluyes.

Aprés Mercure, vous sçavez qu'on trouve le Soleil. Il n'y a pas moyen d'y mettre
d'Habitans. Le *pourquoi non* nous manque là.
Nous jugeons par la Terre qui est habitée ,
que les autres Corps de la même espece
qu'elle, doivent l'être aussi, mais le Soleil
n'est point un corps de la même espece que
la Terre, ni que les quatre Planetes. Il est
la source de toute cette lumiere que les Planetes ne font que se renvoyer les unes aux
autres, aprés l'avoir reçûë de lui. Elles en
peuvent faire, pour ainsi dire, des échan-
ges entr'elles ; mais elles ne la peuvent pro-
duire. Lui seul tire de soi-même cette pré-
cieuse substance, il la pousse avec force de
tous côtez ; de là elle revient à la rencontre
de tout ce qui est solide, & d'une Planette à l'autre il s'épand de longues & vastes
traînées de lumiere qui se croisent & se
traversent, & s'entrelassent en mille façons

differentes, & forment d'admirables tiſſus de la plus riche matiere qui ſoit au monde. Auſſi le Soleil eſt-il placé dans le centre, qui eſt le lieu le plus commode d'où il puiſſe la diſtribuer également, & animer tout par ſa chaleur. Le Soleil eſt donc un corps particulier, mais quelle ſorte de Corps ? On eſt bien embaraſſé à le dire. On avoit toûjours crû que c'étoit un feu trés pur, mais on s'en deſabuſa au commencement de ce Siecle, qu'on aperçût des taches ſur ſa ſurface. Comme on avoit découvert peu de tems auparavant de nouvelles Planetes dont je vous parlerai : que tout le Monde Philoſophe n'avoit l'eſprit rempli d'autre choſe, & qu'enfin les nouvelles Planetes s'étoient miſes à la mode, on jugea auſſi tôt que ces taches en étoient, qu'elles avoient un mouvement autour du Soleil, & qu'elles nous en cachoient néceſſairement quelque partie, en tournant leur moitié obſcure vers nous. Déja les Sçavans faiſoient leur Cour de ces prétenduës Planetes à tous les Princes de l'Europe. Les uns leur donnoient le nom d'un Prince, les autres d'un autre, & peut-être il y auroit eu querelle entr'eux à qui ſeroit demeuré le maître des taches pour les nommer comme il eût voulu.

Je ne trouve point cela bon, interrompit la Marquiſe. Vous me diſiez l'autre jour qu'on avoit donné aux differentes parties de la Lune des noms de Sçavans & d'Aſtronomes, & j'en étois fort contente. Puiſque les Princes prennent pour eux la Terre, il eſt juſte que les Sçavans ſe réſervent le Ciel, & y dominent, mais ils n'en devroient point permettre l'entrée à d'autres. Souffrez, répondis-je, qu'ils puiſſent du moins en cas de befoin, engager aux Princes quelque Aſtre, ou quelque partie de la Lune. Quant aux tachez du Soleil, ils n'en pûrent faire aucun uſage. Il ſe trouva que ce n'étoient point des Planetes, mais des nuages, des fumées, des écumes, qui s'élevent ſur le Soleil. Elles ſont tantôt en grande quantité, tantôt en petit nombre, tantôt elles diſparoiſſent toutes, quelquefois elles ſe mettent pluſieurs enſemble, quelquefois elles ſe ſeparent, quelquefois elles ſont plus claires, quelquefois plus noires. Il y a des tems où l'on en voit beaucoup, il y en a d'autres, & même aſſez longs, où il n'en paroît aucune. Il ſemble que le Soleil ſoit une matiere liquide, quelques-uns diſent de l'Or fondu, qui boüillonne inceſſamment, & produit des impuretez, qui par la force de ſon mouvement ſont rejettées ſur ſa ſurface. Elles s'y conſument, & puis il s'en produit d'autres. Imaginez-vous quels Corps étrangers ce ſont-là, il y en a tel qui eſt peut-être auſſi grand que la Terre. Jugez par là quelle eſt la quantité de cet Or fondu, ou l'étenduë de cette grande Mer de lumiere & de feu qu'on apelle le Soleil. D'autres diſent que le Soleil paroît avec des Lunettes tout plein de Montagnes qui vomiſſent des flâmes, & que c'eſt comme un million de Monts Etna mis enſemble ; mais on dit auſſi que ces Montagnes ſont une pure viſion, cauſée par quelque choſe qui arrive dans les Lunettes. A quoi ſe fiera-t-on, s'il faut ſe défier des Lunettes même, auſquelles nous devons la connoiſſance de tant de nouveaux objets ? Enfin, quoi que ce puiſſe être que le Soleil, il ne paroît nullement propre à être habité. C'eſt pourtant dommage, l'habitation ſeroit belle. On ſeroit au centre de tout, on verroit

toutes les Planetes tourner régulierement autour de foi, au lieu que nous voyons dans leurs
cours une infinité de bizarreries, qui n'y paroiſſent que parce que nous ne ſommes pas
dans le lieu propre pour en bien juger, c'eſt-
à-dire, au centre de leur mouvement. Cela
n'eſt-il pas pitoyable ? Il n'y a qu'un lieu dans
le Monde, d'où l'étude des Aſtres puiſſe être
extrêmement facile, & juſtement dans ce lieu-
là, il n'y a perſonne. Vous n'y ſongez pas,
dit la Marquiſe. Qui ſeroit dans le Soleil, ne
verroit rien, ni Planetes, ni Etoiles fixes. Le
Soleil n'efface-t-il pas tout ? Ce ſeroient ſes
Habitans qui ſeroient bien fondez à ſe croire
ſeuls dans toute la Nature.

J'avouë que je m'étois trompé, répondis-
je. Je ne ſongeois qu'à la ſituation où eſt le
Soleil, & non à l'effet de ſa lumiere ; mais
vous qui me redreſſez ſi à propos, vous voulez bien que je vous diſe que vous vous êtes
trompée auſſi, les Habitans du Soleil ne le
verroient ſeulement pas. Où ils ne pouroient ſoûtenir la force de ſa lumiere où ils
ne la pouroient recevoir, faute d'en être à
quelque diſtance, & tout bien conſideré, le
Soleil ne ſeroit qu'un ſejour d'aveugles : encore un coup, il n'eſt pas fait pour être habité ; mais voulez-vous que nous pourſuivions
nôtre Voyage des Mondes ? Nous ſommes
arrivez au centre qui eſt toûjours le lieu le
plus bas dans tout ce qui eſt rond, il faudroit
preſentement retourner ſur nos pas, & re-
monter. Nous retrouverons Mercure, Venus, la Terre, la Lune, toutes les Planetes
que nous avons viſitées. Enſuite c'eſt Mars
qui ſe preſente. Mars n'a rien de curieux que
je ſçache, ſes jours ne ſont pas d'une heure
entiere plus longs que les nôtres ; mais ſes

D v

années valent deux de nos années. Il eſt plus
petit que la Terre, il voit le Soleil un peu
moins grand & moins vif que nous ne voyons ; enfin Mars ne vaut pas trop la peine
qu'on s'y arrête. Mais la jolie choſe que Jupiter avec ſes quatre Lunes ou Satellites ! Ce
ſont quatre petites Planetes qui tournent autour de lui, comme nôtre Lune tourne autour
de nous. Mais, interrompit la Marquiſe,
pourquoi y a-t-il des Planetes qui tournent
autour d'autres Planetes qui ne valent pas
mieux qu'elles ? Serieuſement il me paroîtroit plus régulier & plus uniforme que toutes
les Planetes, grandes & petites, n'euſſent que
le même mouvement autour du Soleil.

Ah ! Madame, repliquai-je, ſi vous ſça-
viez ce que c'eſt que les Tourbillons de Deſ-
cartes, ces Tourbillons dont le nom eſt ſi
terrible, & l'idée ſi agréable, vous ne parle-
riez pas comme vous faites. La tête me dût-
elle tourner, dit-elle, en riant ; il eſt beau de
ſçavoir ce que c'eſt que les Tourbillons.
Achevez de me rendre folle, je ne me ménage plus, je ne connois plus de retenuë ſur la
Philoſophie, laiſſons parler le monde ; &
donnons aux Tourbillons. Je ne vous con-
noiſſois pas de pareils emportemens, repris-
je;c'eſt dommage qu'ils n'ayent que les Tourbillons pour objet. Ce qu'on apelle un Tourbillon, c'eſt un amas de matiere dont les parties ſont détachées les unes des autres, &
ſe meuvent toutes en un même ſens ; permis à
elles d'avoir pendant ce tems-là quelques petits mouvemens particuliers, pourvû qu'elles ſuivent toûjours le mouvement general.
Ainſi un Tourbillon de vent, c'eſt une infinité de petites parties d'air qui tournent en
rond toutes enſemble , & envelopent ce

qu'elles rencontrent. Vous sçavez que les
Planetes son portées dans la matiere celeste,
qui est d'une subtilité, & d'une agitation
prodigieuse. Tout ce grand amas de matiere celeste, qui est depuis le Soleil jusqu'aux
Etoiles fixes, tourne en rond, & emportant
avec soi les Planetes, les fait tourner toutes
en un même sens autour du Soleil, qui occupe le centre, mais en des tems plus ou moins
longs, selon qu'elles en sont plus ou moins
éloignées. Il n'y a pas jusqu'au Soleil qui ne
tourne sur lui-même, parce qu'il est justement au milieu de toute cette matiere celeste ; & vous remarquerez en passant, que
quand la Terre seroit dans la place où il est,
elle ne pouroit encore faire moins que de
tourner sur elle-même.

Voilà quel est le grand Tourbillon dont le
Soleil est comme le Maître ; mais en même-
tems les Planetes se composent de petits
Tourbillons particuliers à l'imitation de celui du Soleil. Chacune d'elles en tournant
autour du Soleil, ne laisse pas de tourner autour d'elle-même, & fait tourner aussi autour d'elle en même-tems une certaine quantité de cette matiere celeste, qui est toûjours
prête à suivre tous les mouvemens qu'on lui
veut donner, s'ils ne la détournent pas de
son mouvement general. C'est là le Tourbillon particulier de la Planete, & elle le pousse aussi loin que la force de son mouvement
se peut étendre. S'il faut qu'il tombe dans ce
petit Tourbillon quelque Planete moindre
que celle qui y domine, la voilà emportée
par la grande, & forcée indispensablement à
tourner autour d'elle : & le tout ensemble, la
grande Planete, la petite, & le Tourbillon qui
les renferme, n'en tourne pas moins autour du

Soleil. C'est ainsi qu'au commencement du Monde nous nous fîmes suivre par la Lune, parce qu'elle se trouva dans l'étenduë de nôtre Tourbillon, & tout-à-fait à nôtre bienseance. Jupiter, dont je commençois à vous parler, fut plus heureux ou plus puissant que nous. Il y avoit dans son voisinage quatre petites Planetes, il se les assujettit toutes quatre; & nous qui sommes une Planete principale, croyez-vous que nous l'eussions été, si nous nous fussions trouvez proches de lui : Il est quatre-vingt dix fois plus gros que nous, il nous auroit engloutis sans peine dans son Tourbillon, & nous ne serions qu'une Lune de sa dépendance ; au lieu que nous en avons une qui est dans la nôtre : tant il est vrai que le seul hazard de la situation décide souvent de toute la fortune qu'on doit avoir.

Et qui nous assure, dit la Marquise, que nous demeurerons toûjours où nous sommes ? Je commence à craindre que nous ne fassions la folie de nous aprocher d'une Planette aussi entreprenante que Jupiter, ou qu'il ne vienne vers nous pour nous absorber; car il me paroît que dans ce grand mouvement, où vous dites qu'est la matiere celeste, elle devroit agiter les Planetes irrégulierement, tantôt les aprocher, tantôt les éloigner les unes des autres. Nous pourions aussi-tôt y gagner qu'y perdre, répondis-je, peut-être irions-nous soûmettre à nôtre domination Mercure & Venus, qui sont de petites Planetes, & qui ne nous pouroient résister. Mais nous n'avons rien à esperer ni à craindre, les Planetes se tiennent où elles sont, & les nouvelles conquêtes leur sont défenduës, comme elles l'étoient autrefois aux Rois de la Chine. Vous sçavez bien que

quand on met de l'huîle avec de l'eau, l'huîle
furnage. Qu'on mette fur ces deux liqueurs
un Corps extrêmement leger, l'huîle le fou-
tiendra, & il n'ira pas jufqu'à l'eau. Qu'on y
mette un autre Corps plus pefant, & qui
foit juftement d'une certaine pefanteur, il
paffera au travers de l'huîle, qui fera trop
foible pour l'arrêter, & tombera jufqu'à ce
qu'il rencontre l'eau, qui aura la force de le
foûtenir. Ainfi dans cette liqueur compofée
de deux liqueurs qui ne fe mêlent point,
deux Corps inégalement pefans fe mettent
naturellement à deux places differentes, &
jamais l'un ne montera, ni l'autre ne defcen-
dra. Qu'on mette encore d'autres liqueurs
qui fe tiennent feparées, & qu'on y plonge
d'autres corps, il arrivera la même chofe.
Repréfentez-vous que la matiere Celefte
qui remplit ce grand Tourbillon, a differentes couches qui s'envelopent les unes les autres, & dont les pefanteurs font differentes,
comme celles de l'huîle & de l'eau, & des autres liqueurs. Les Planetes ont auffi differentes pefanteurs ; chacune d'elles par confé-
quent s'arrête dans la couche qui a précifé-
ment la force néceffaire pour la foûtenir, &
qui lui fait équilibre, & vous voyez bien
qu'il n'eft pas poffible qu'elle en forte jamais.

Je conçois, dit la Marquife, que ces pefan-
teurs-là réglent fort bien les rangs. Plût à
Dieu qu'il y eût quelque chofe de pareil qui
les réglât parmi nous, & qui fixât les gens
dans les places qui leur font naturellement
convenables : Me voilà fort en repos du côté
de Jupiter. Je fuis bien-aife qu'il nous laiffe
dans nôtre petit Tourbillon avec nôtre Lune unique. Je fuis d'humeur à me borner aifé-

ment , & je ne lui envie point les quatre
qu'il a.

Vous auriez tort de les lui envier, repris-je,
il n'en a point plus qu'il ne lui en faut. Dans
l'éloignement où il est du Soleil, ses Lunes
ne reçoivent & ne lui envoyent qu'une lumiere assez foible. Il est vrai que comme il
tourne sur lui-même en dix heures, & que
ses nuits, qui par conséquent n'en durent que
cinq, sont fort courtes, quatre Lunes ne pa-
roîtroient pas si nécessaires ; mais il y a autre
chose à considérer. Ici sous les Pôles, on a six
mois de jour & six mois de nuit. C'est que les
Pôles sont les deux extrêmitez de la Terre les
plus éloignées des lieux où le Soleil donne à
plomb, & sur lesquels il paroît faire sa course. La Lune tient, ou paroît tenir la même
route à peu prés que le Soleil, & si les Habitans des Pôles voyent le Soleil pendant toute une moitié de sa course d'un an , & pendant toute l'autre moitié ne le voyent point,
ils voyent aussi la Lune pendant toute une
moitié de sa course d'un mois, c'est-à-dire
pendant quinze jours , & ils ne la voyent
point pendant toute l'autre moitié. Les années de Jupiter en valent douze des nôtres, &
il doit avoir dans cette Planete deux extrêmitez oposées , où l'on ait des jours & des
nuits de six ans entiers. Des nuits de six ans
sont bien longues, aussi est-ce principale-
ment pour elle que je croi que les quatre
Lunes sont faites. Celle qui à l'égard de Jupiter est la plus élevée, fait son cercle autour
de lui en dix-sept jours, la seconde en sept, la
troisiéme en trois jours & demi, la quattrié-
me en quarante-deux heures. Leurs courses
étant coupées justement par la moitié pour
ces malheureux Païs qui ont six ans de nuit ,

il ne se peut passer vingt & une heure, qu'on
ne voye paroître au moins la derniere Lune.
C'est quelque consolation pendant des téné-
bres d'une durée si ennuyeuse ; mais quelque
lieu que l'on habite dans Jupiter, ces quatre
Lunes vous y donnent les plus jolis spectacles
du monde. Tantôt elles se levent toutes quatre ensemble, & puis se separent selon l'inégalité de leurs cours ; tantôt elles sont toutes à
leur Midi rangées l'une au dessus de l'autre ;
tantôt on les voit toutes quatre sur l'Horison
à des distances égales ; tantôt quand deux se
levent, deux autres se couchent ; sur tous
j'aimerois à voir ce jeu perpetuel d'Eclipses
qu'elles font, car il ne se passe point de jour
qu'elles ne s'éclipsent les unes les autres, ou
qu'elles n'éclipsent le Soleil, & assurément
les éclipses s'étant renduës si familieres en ce
Monde-là elles y sont un sujet de divertisse-
ment, & non pas de frayeur, comme en celui ci.

Et vous ne manquerez pas, dit la Marquise
à faire habiter ces quatre Lunes, quoi que ce
ne soient que de petites Planetes subalternes,
destinées seulement à en éclairer une autre
pendant ses nuits ? N'en doutez nullement,
répondis-je. Ces Planetes n'en sont pas moins
dignes d'être habitées, pour avoir le malheur
d'être asservies à tourner autour d'une autre
plus importante.

Je voudrois donc, reprit-elle, que les Habitans des quatre Lunes de Jupiter, fussent
comme des Colonies de Jupiter ; qu'elles
eussent reçû de lui, s'il étoit possible, leurs
Coûtumes ; que par conséquent elles lui ren-
dissent quelque sorte d'hommage, & ne re-
gardassent la grande Planette qu'avec respect.
Ne faudroit-il point aussi, lui dis-je, que les

quatre Lunes envoyaſſent de tems en tems
des Députez dans Jupiter, pour lui prêter
ferment de fidelité : Pour moi, je vous avouë
que le peu de ſupériorité que nous avons ſur
les Gens de nôtre Lune, me fait douter que
Jupiter en ait beaucoup ſur les Habitans des
ſiennes, & je croi que l'avantage auquel il
puiſſe le plus raiſonnablement prétendre,
c'eſt de leur faire peur. Par exemple, dans
celle qui eſt la plus proche de lui, ils le voyent trois cens ſoixante fois plus gros que nôtre Lune ne nous paroît, car il la ſurpaſſe autant en groſſeur. Il eſt, je croi, beaucoup plus
proche d'eux, qu'elle n'eſt de nous, ſa groſſeur en augmente encore. Ils ont donc toûjours cette monſtrueuſe Planete ſuſpenduë
ſur leurs têtes, à une diſtance aſſez petite. En
verité, ſi les Gaulois craignoient ancienne-
ment que le Ciel ne tombât ſur eux, les Habitans de cette Lune auroient bien plus de
ſujet de craindre une chûte de Jupiter. C'eſt
peut-être là auſſi la frayeur qu'ils ont, dit-
elle, au lieu de celle des Eclipſes, dont vous
m'avez aſſuré qu'ils ſont exempts, & qu'il
faut bien remplacer par quelqu'autre ſottiſe.
Il le faut de néceſſité abſoluë, répondis-je.
L'Inventeur du troiſiéme Siſtême dont je
vous parlois l'autre jour, le célébre Ticho-
Brahé, un des plus grands Aſtronomes qui
furent jamais, n'avoit garde de craindre les
Eclipſes, comme le Vulgaire les craint, il
paſſoit ſa vie avec elles. Mais croitiez-vous
bien ce qu'il craignoit en leur place ? Si en
ſortant de ſon logis, la premiere perſonne
qu'il rencontroit étoit une Vieille, ſi un Lié-
vre traverſoit ſon chemin, Ticho-Brahé
croyoit que la journée devroit être malheu-
reuſe, & retournoit promptement ſe renfer-

mer chez lui, sans ôser commencer la moindre chose.

Il ne seroit pas juste, reprit-elle, aprés
que cet homme-là n'a pû se délivrer im-
punément dans la crainte des Eclipses, que
les Habitans de cette Lune de Jupiter, dont
nous parlons, en fussent quittes à meilleur
marché. Nous ne leur ferons pas de quartier ; ils subiront la Loi commune, & s'ils
sont exempts d'une erreur, ils donneront
dans quelqu'autre ; mais comme je ne me
pique pas de la pouvoir deviner, éclaircis-
sez-moi, je vous prie, une autre difficulté
qui m'occupe depuis quelques momens. Si
la Terre est si petite à l'égard de Jupiter,
Jupiter nous voit-il ? Je crains que nous ne
lui soyons inconnus.

De bonne foi, je croi que cela est ainsi,
répondis-je. Il faudroit qu'il vît la Terre
quatre-vingt dix fois plus petite que nous
ne la voyons. C'est trop peu, il ne la voit
point. Voici seulement ce que nous pouvons croire de meilleur pour nous. Il y aura, dans Jupiter des Astronomes, qui aprés
avoir bien pris de la peine à composer des
Lunettes excélentes, après avoir choisi les
plus belles Nuits pour observer, auront enfin découvert dans les Cieux une petite
Planete qu'ils n'avoient jamais vûë. D'a-
bord le Journal des Sçavans de ce Païs-là
en parle ; le Peuple de Jupiter, on n'en entend point parler, on n'en fait que rire ; les
Philosophes, dont cela détruit les opinions,
forment le dessein de n'en rien croire ; il
n'y a que les Gens trés raisonnables qui en
veulent bien douter. On observe encore,
on revoit la petite Planete ; on s'assure bien
que ce n'est point une vision ; on commen-

ce même à ſoupçonner qu'elle a un mouvement autour du Soleil : on trouve au bout
de mille obſervations, que ce mouvement
eſt d'une année ; & enfin, grace à toutes les
peines que ſe donnent les ſçavans, on ſçait
dans Jupiter que nôtre terre eſt au Monde.
Les Curieux vont la voir au bout d'une Lu-
nete, & la vûë à peine peut-elle encore l'attraper.

Si ce n'étoit, dit la Marquiſe, qu'il n'eſt
point trop agréable de ſçavoir qu'on ne nous
peut découvrir de dedans Jupiter qu'avec des
Lunettes d'aproche, je me repreſenterois avec
plaiſir ces Lunettes de Jupiter dreſſées vers
nous, comme les nôtres le ſont vers lui, &
cette curioſité mutuelle avec laquelle les Planetes s'entre-conſidérent & demandent l'une
de l'autre ; *Quel Monde eſt-ce là ? Quelles Gens
l'habitent ?*

Cela ne va pas ſi vîte que vous penſez, repliquai-je. Quand on verroit nôtre Terre
de dedans Jupiter, quand on l'y connoî-
troit, nôtre Terre ce n'eſt pas nous, on n'a
pas le moindre ſoupçon qu'elle puiſſe-être
habitée. Si quelqu'un vient à ſe l'imaginer,
Dieu ſçait comme tout Jupiter ſe mocque de
lui. Peut-être mêmes ſommes-nous cauſe
qu'on y a fait le procez à des Philoſophes qui
ont voulu ſoûtenir que nous étions. Cependant je croirois plus volontiers que les Habitans de Jupiter ſont aſſez occupez à faire
des découvertes ſur leur Planete, pour ne
ſonger point du tout à nous. Elle eſt ſi grande, que s'ils navigent, aſſûrément leurs
Chriſtophes Colombs ne ſauroient manquer
d'emploi. Il faut que les Peuples de ce Monde-là ne connoiſſent pas ſeulement de réputation la centiéme partie des autres Peuples,

au lieu que dans Mercure, qui est fort petit, ils sont tous voisins les uns des autres, ils
vivent familierement ensemble, & ne comptent que pour une promenade de faire le
tour de leur Monde. Si on ne nous voit point
dans Jupiter, vous jugez bien qu'on y voit
encore moins Venus & Mercure, qui sont
des Mondes, & plus petits, & plus éloignez
de lui. En récompense ses Habitans voyent
leurs quatre Lunes, & Saturne avec les sien-
nes, & Mars. Voilà assez de Planetes pour
embarasser ceux d'entr'eux qui sont Astronomes ; la Nature a eu la bonté de leur cacher
ce qui en reste dans l'Univers.

Quoi dit la Marquise, vous comptez cela pour une grace ? Sans doute, répondis-je.
Il y a dans tout ce grand Tourbillon seize
Planetes. La nature qui veut nous épargner
la peine d'étudier tous leurs mouvemens,
ne nous en montre que sept, n'est-ce pas là
une assez grande faveur ? Mais nous, qui
n'en sentons pas le prix, nous faisons si bien
que nous attrapons les neuf autres qui avoient
été cachées : aussi en sommes-nous punis par
les grands travaux que l'Astronomie demande
presentement.

Je voi, reprit-elle, par ce nombre de seize
Planetes qu'il faut que Saturne ait cinq Lunes. Il les a aussi, repliquai-je, & quelque
chose encore de bien plus remarquable.
Comme son année est de trente des nôtres,
& que par consequent il a des Païs, où une
seule nuit dure des quinze ans entiers, devi-
nez ce que la Nature a inventé pour éclairer
des nuits si affreuses. Elle ne s'est pas conten-
tée de donner cinq Lunes à Saturne, elle a
mis autour de lui un grand Cercle, ou un
grand Anneau qui l'environne entierement,

& qui étant assez élevé pour être hors de l'ombre du Corps de cette Planete, réfléchit perpetuellement la lumiere du Soleil dans les lieux qui ne le voyent point.

En verité, dit la Marquise, de l'air d'une personne qui rentroit en elle-même avec étonnement, tout cela est d'un grand ordre ; il paroît bien que la nature a eu en vûë les besoins de quelques Estres vivans, & que la distribution des Lunes n'a pas été faite au hazard. Il n'en est tombé en partage qu'aux Planetes éloignées du Soleil, à la Terre, à Jupiter, à Saturne, car ce n'étoit pas la peine d'en donner à Venus & à Mercure, qui ne reçoivent que trop de lumiere, dont les nuits sont fort courtes, & qui les comptent aparemment pour de plus grands bien-faits de la Nature que leurs jours même. Mais attendez, il me semble que Mars qui est encore plus éloigné du Soleil que la Terre, n'a point de Lune. On ne peut pas vous le dissimuler, répondis-je, il n'en a point, & il faut qu'il ait pour ses nuits des ressources que nous ne sçavons pas. Vous avez vû des Phosphores, de ces matieres liquides où seches, qui en recevant la lumiere du Soleil, s'en imbibent, & s'en pénétrent, & ensuite jettent un assez grand éclat dans l'obscurité. Peut-être Mars a-t-il de grands Rochers fort élevez, qui sont des Phosphores naturels, & qui prennent pendant le jour une provision de lumiere qu'ils rendent pendant la nuit. Vous ne sçauriez nier que ce ne fut un Spectacle assez agréable, de voir tous ces Rochers s'allumer de toutes parts dés que le Soleil seroit couché, & faire sans aucun art des illuminations magnifiques, qui ne pouroient incommoder par leur chaleur. Vous sçavez encore qu'il y a en Amerique des Oiseaux qui sont si lumineux dans les tenébres, qu'on s'en peut servir pour lire. Que sçavons-nous si Mars n'a point un grand nombre de ces Oiseaux, qui dés que la nuit est venuë, se dispersent de tous côtez, & vont répandre un nouveau jour ?

Je ne me contente, reprit-elle, ni de vos Rochers ni de vos oiseaux. Cela ne laisseroit pas d'être joli ; mais puisque la Nature a donné tant de Lunes à Saturne, & à Jupiter, c'est une marque qu'il faut des Lunes. J'eusse été bien-aise que tous les Mondes éloignez du Soleil en eussent eu, si Mars ne nous fût point venu faire une exception desagreable. Ah ! vraiment, repliquai-je, si vous vous mêliez de Philosophie plus que vous ne faites, il faudroit bien que vous vous accoûtumassiez à voir des exceptions dans les meilleurs Systêmes. il y a toûjours quelque chose qui y convient le plus juste du monde, & puis quelque chose aussi qu'on y fait convenir comme on peut, ou qu'on laisse-là, si on desespere d'en pouvoir venir à bout. Usons-en de même pour Mars, puis qu'il ne nous est point favorable, & ne parlons point de lui. Nous serions bien étonnez si nous étions dans Saturne, de voir sur nos têtes pendant la nuit re grand Anneau qui iroit en forme de demi Cercle d'un bout à l'autre de l'Horison, & qui nous renvoyant la lumiere du Soleil feroit l'effet d'une Lune continuë. Et ne mettrons-nous point d'Habitans dans ce grand Anneau, interrompit-elle en riant ? Quoi que je sois d'humeur, répondis-je, à en envoyer par tout assez hardiment, je vous avouë que je n'oserois en mettre-là, cet An-

neau me paroît une habitation trop irrégu-
liere. Pour les cinq petites Lunes ; on ne
peut pas se dispenser de les peupler. Si cependant l'Anneau n'étoit, comme quelques-
uns le soupçonnent, qu'un Cercle de Lunes
qui se suivissent de fort prés, & eussent un
mouvement égal, & que les cinq petites
Lunes fussent cinq échapées de ce grand Cercle, que de Mondes dans le Tourbillon de
Saturne ! Quoi qu'il en soit, avec le secours
même de l'Anneau les Gens de Saturne sont
assez miserables. Il leur donne de la lumiere,
mais qu'elle lumiere, dans l'éloignement où il
est du Soleil ! Le Soleil même n'est pour eux
qu'une petite Etoile blanche & pâle, qui n'a
qu'un éclat & une chaleur bien foible, & si
vous les mettez dans nos Païs les plus froids,
dans la Groenlande, ou dans la Lapponie,
vous les verriez suër à grosses gouttes, & ex-
pirer de chaud.

Vous me donnez une idée de Saturne qui
me gelle, dit la Marquise, au lieu que tantôt
vous m'échauffiez en me parlant de Mercure.
Il faut bien, repliquai-je, que les deux Mondes qui sont aux extrêmitez de ce grand Tourbillon, soient oposez en toutes choses.

Ainsi, reprit-elle, on est bien sage dans
Saturne, car vous m'avez dit que tout le
monde étoit fou dans Mercure. Si on n'est
pas bien sage dans Saturne, repris-je, du
moins, selon toutes les aparences, on y est
bien flegmatique. Ce sont gens qui ne sçavent ce que c'est que de rire, qui prennent
toûjours un jour pour répondre à la moindre
question qu'on leur fait, & qui eussent trouvé Caton d'Utique trop badin & trop folâ-
tre.

Il me vient une pensée, dit-elle. Tous les Habitans de Mercure font vifs, tous ceux de Saturne font lents. Parmi nous les uns font vifs, les autres lents, cela ne viendroit-il point de ce que nôtre Terre étant juftement au milieu des autres Mondes, nous participons des extrêmitez? Il n'y a point pour les Hommes de Caractere fixé & déterminé; les uns font faits comme les Habitans de Mercure, les autres comme ceux de Saturne, & nous fommes un mélange de toutes les efpeces qui fe trouvent dans les autres Planetes. J'aime affez cette idée, repris-je, nous formons un affemblage fi bizarre, qu'on pouroit croire que nous ferions ramaffez de plufieurs Mondes différens. A ce compte il eft affez commode d'être ici, on y voit tous les autres Mondes en abregé.

Du moins, reprit la Marquife, une commodité fort réelle qu'a nôtre Monde par fa fituation, c'eft qu'il n'eft ni fi chaud que celui de Mercure ou de Venus, ni fi froid que celui de Jupiter ou de Saturne. De plus nous fommes juftement dans un endroit de la Terre où nous ne fentons l'excez ni du chaud ni du froid. En verité fi un certain Philofophe rendoit graces à la Nature d'être Homme, & non pas Bête; Grec & non pas Barbare, moi je veux lui rendre graces d'être fur la Planete la plus temperée de l'Univers, & dans un des lieux les plus temperez de cette Planete. Si vous m'en croyez, Madame, répondis-je, vous lui rendrez graces d'être jeune & non pas vieille; jeune & belle, & non pas jeune & laide; jeune & belle Françoife, & non pas jeune & belle Italienne. Voilà bien d'autres fujets de reconnoiffance, que ceux que vous tirez de la fituation de vôtre Tourbillon, ou de la temperature de vôtre Païs.

Mon Dieu ! repliqua-t-elle laissez-moi avoir de la reconnoissance sur tout, jusque sur le Tourbillon où je suis placée. La mesure de bonheur qui nous a été donné, est assez petite, il n'en faut rien perdre, & il est bon d'avoir pour les choses les plus communes, & les moins considérables, un goût qui les mette à profit. Si on ne vouloit que des plaisirs vifs, on n'en auroit peu, on les attendroit long-tems, & on les payeroit bien. Vous me promettez donc, repliquai-je, que si on vous proposoit de ces plaisirs vifs, vous vous souviendriez des Tourbillons & de moi ; & que vous vous borneriez à nous ? Oüi, répondit-elle, mais faites que la Philosophie me fournisse toûjours des plaisirs nouveaux. Du moins pour demain, répondis-je, j'espere qu'ils ne vous manqueront pas. J'ai des Etoiles fixes, qui passent tout ce que vous avez vû jusqu'ici.

CINQUIE'ME SOIR.

Que les Etoiles fixes sont autant de Soleils,
dont chacun éclaire un Monde.

LA Marquise sentit une vraye impatience de sçavoir ce que les Etoiles fixes deviendroient. Seront-elles habitées comme les Planettes, me dit-elle ? Ne le seront-elles pas ? Enfin qu'en ferons-nous ? Vous le devineriez peut-être, si vous en aviez bien envie, répondis-je. Les Etoiles fixes ne sçauroient

être

être moins éloignées de la Terre que de quelques cinquante millions de lieües, & si vous fâchiez un Astronome, il les mettroit encore plus loin. La distance du Soleil à la Planete la plus éloignée n'est rien, par raport à la distance du Soleil ou de la Terre aux Etoiles fixes, & on ne prend pas la peine de la comparer. Leur lumiere, comme vous voyez, est assez vive & assez éclatante. Si elles la recevoient du Soleil, il faudroit qu'elles la reçûssent déja bien foible après un trajet de cinquante millions de lieües : Il faudroit que par une réflexion qui l'affoibliroit encore beaucoup, elles nous la renvoyassent à cette même distance. Il seroit impossible qu'une lumiere qui auroit essuyé une réflexion, & fait deux fois cinquante millions de lieües, eût cette force & cette vivacité qu'a celle des Etoiles fixes. Les voilà donc lumineuses par elles-même, & toutes en un mot, autant de Soleils.

Ne me trompai-je point, s'écria la Marquise, ou si je vois où vous me voulez mener ? M'allez-vous dire : *Les Etoiles fixes sont autant de Soleils, nôtre Soleil est le centre d'un Tourbillon qui tourne autour de lui, pourquoi chaque Etoile fixe ne sera-t-elle pas aussi le centre d'un Tourbillon qui ait un mouvement autour d'elle ? Nôtre Soleil a des Planetes qu'il éclaire, pourquoi chaque Etoile fixe n'en aura-t-elle pas aussi qu'elle éclairera ?* Je n'ai à vous répondre, lui dis-je, que ce que répondit Phedre à Enone : *C'est toi qui l'as nommé.*

Mais, reprit-elle, voilà l'Univers si grand que je m'y perds : je ne sçai plus où je suis, je ne suis plus rien. Quoi, tout sera divisé en Tourbillons, jettez confusément les uns parmi les autres ? Chaque Etoile sera

le centre d'un Tourbillon, peut-être auſſi
grand que celui où nous ſommes ? Tout cet
eſpace immenſe qui comprend nôtre Soleil
& nos Planetes, ne ſera qu'une petite par-
celle de l'Univers ? Autant d'eſpaces pareils
que d'Etoiles fixes ? Cela me confond, me
trouble, m'épouvente. Et moi, répondis-
je, cela me met à mon aiſe. Quand le Ciel
n'étoit que cette voûte bleuë, où les Etoiles étoient cloüées, l'Univers me paroiſſoit
petit & étroit, je m'y ſentois comme opreſſé;
preſentement qu'on a donné infiniment plus
d'étenduë & de profondeur à cette voûte,
en la partageant en mille & mille Tourbillons; il me ſemble que je reſpire avec plus
de liberté, & que je ſuis dans un plus grand
air, & aſſurément l'Univers a toute une autre
magnificence. La Nature n'a rien épargné
en le produiſant; elle a fait une profuſion
de richeſſes tout-à-fait digne d'elle. Rien
n'eſt ſi beau à ſe repreſenter que ce nombre
prodigieux de Tourbillons, dont le milieu
eſt occupé par un Soleil qui fait tourner des
Planetes autour de lui. Les Habitans d'une
Planete d'un de ces Tourbillons infinis voyent
de tous côtez les Soleils des Tourbillons
dont ils ſont environnez, mais ils n'ont gar-
ge d'en voir les Planetes, qui n'ayant qu'u-
ne lumiere foible empruntée de leur Soleil,
ne la pouſſent point au-delà de leur Monde.

Vous m'offrez, dit-elle, une eſpece de
Perſpective ſi longue, que la vûë n'en peut
attraper le bout. Je voi clairement les Habitans de la Terre, enſuite vous me faites
voir ceux de la Lune & des autres Planetes
de nôtre Tourbillon aſſez clairement, à la
verité, mais moins que ceux de la Terre ;

après eux viennent les Habitans des Planettes des autres Tourbillons. Je vous avouë
qu'ils sont tout-à-fait dans l'enfoncement,
& que quelque effort que je fasse pour les
voir, je ne les aperçois presque point. Et
en effet, ne sont-ils pas presque aneantis
par l'expreffion même dont vous êtes obligé de vous servir en parlant d'eux ? Il faut
que vous les apelliez les Habitans d'une
des Planetes de l'un de ces Tourbillons, dont
le nombre est infini. Nous-mêmes, à qui
la même expreffion convient, avoüez que
vous ne sçauriez presque plus nous démêler au milieu de tant de Mondes. Pour moi,
je commence à voir la Terre si effroyable-
ment petite, que je ne croi pas avoir de-
formais d'empreffement pour aucune chose.
Affurément si on a tant d'ardeur de s'agran-
dir, si on fait deffeins fur deffeins, si on se
donne tant de peine, c'est que l'on ne connoît pas les Tourbillons. Je prétends bien
que ma pareffe profite de mes nouvelles lumieres, & quand on me reprochera mon
indolence, je répondrai : *Ah ! si vous sçaviez
ce que c'est que les Etoiles fixes.* Il faut qu'A-
lexandre ne l'ait pas sçû, repliquai-je, car
un certain Auteur, qui tient que la Lune
est habitée, dit fort serieusement qu'il n'é-
toit pas poffible qu'Ariftote ne fût dans une
opinion si raisonnable (comment une verité eût-elle échapé à Ariftote ?) mais
qu'il n'en voulut jamais rien dire, de peur
de fâcher Alexandre, qui eût été au defef-
poir de voir un Monde qu'il n'eût pas pû
conquerir. A plus forte raison lui eût-on
fait miftere des Tourbilons des Etoiles fixes, quand on les eût connus en ce tems-
là ; ç'eût été faire trop mal fa Cour que de

lui en parler. Pour moi qui les connois, je
suis bien fâché de ne pouvoir tirer d'utilité de la connoissance que j'en ai. Ils ne
guerissent tout au plus, selon vôtre raisonnement, que de l'ambition & de l'inquiétude, & je n'ai point ces maladies-là. Un
peu de foiblesse pour ce qui est beau, voilà
mon mal, & je ne croi pas que les Tourbillons y puissent rien. Les autres Mondes
vous rendent celui-ci petit, mais ils ne vous
gâtent point de beaux yeux, ou une belle
bouche, cela vaut toûjours son prix, en
dépit de tous les Mondes possibles.

C'est une étrange chose que l'Amour, répondit-elle en riant ; il se sauve de tout, &
il n'y a point de Sistême qui lui puisse faire de mal. Mais aussi parlez-moi franche-
ment, vôtre Sistême est-il bien vrai ? Ne
me deguisez rien, je vous garderai le secret.
Il me semble qu'il n'est apuyé que sur une
petite convenance bien legere. Une Etoile
fixe est lumineuse d'elle-même comme le
Soleil, par consequent il faut qu'elle soit
comme le Soleil, le centre & l'ame d'un
Monde, & qu'elle ait ses Planetes qui tournent autour d'elle. Cela est-il d'une néces-
sité bien absoluë ? Ecoutez, Madame, répondis-je, puisque nous sommes en humeur
de mêler toûjours des folies de galanterie
à nos discours les plus serieux, les raisonnemens de Mathematique sont faits comme
l'Amour. Vous ne sçauriez accorder si peu
de chose à un Amant, que bien-tôt aprés
il ne faille lui en accorder d'avantage, & à
la fin cela va loin. De même accordez à un
Mathematicien le moindre principe, il va
vous en tirer une consequence, qu'il faudra que vous lui accordiez aussi, & de cet-

re conſequence encore une autre, & malgré
vous-même il vous méne ſi loin, qu'à peine le pouvez-vous croire. Ces deux ſortes
de Gens-là prennent toûjours plus qu'on ne
leur donne. Vous convenez que quand
deux choſes ſont ſemblables en tout ce qui
me paroît, je les puis croire auſſi ſemblables en ce qui ne me paroît point, s'il n'y
a rien d'ailleurs qui m'en empêche. Delà
j'ai tiré que la Lune étoit habitée, parce
qu'elle reſſemble à la Terre ; les autres Planetes, parce qu'elles reſſemblent à la Lune.
Je trouve que les Etoiles fixes reſſemblent
à nôtre Soleil ; je leur attribuë tout ce qu'il
a. Vous êtes engagée trop avant pour pouvoir reculer ; il faut franchir le pas de bonne grace. Mais, dit-elle, ſur le pied de cette reſſemblance que vous mettez entre les
Etoiles fixes & nôtre Soleil, il faut que les
Gens d'un autre grand Tourbillon, ne le
voyent que comme une petite Etoile fixe,
qui ſe montre à eux ſeulement pendant leurs
nuits.

Cela eſt hors de doute, répondis-je. Nôtre Soleil eſt ſi proche de nous en comparaiſon des Soleils des autres Tourbillons,
que ſa lumiere doit avoir infiniment plus
de force ſur nos yeux que la leur. Nous ne
voyons donc que lui quand nous le voyons,
& il efface tout ; mais dans un autre grand
Tourbillon, c'eſt un autre Soleil qui y domine, & il efface à ſon tour le nôtre, qui
n'y paroît que pendant les nuits avec le reſte des autres Soleils étrangers, c'eſt-à-dire, des Etoiles fixes. On l'attache avec elles à cette grande voûte du Ciel, & il y
fait partie de quelque Ourſe, ou de quelque Taureau. Pour les Planettes qui tour-

nent autour de lui, nôtre Terre, par exemple, comme on ne les voit point de si loin,
on n'y songe seulement pas. Ainsi tous les
Soleils, sont Soleils de jour pour le Tourbillon où ils sont placez, & Soleils de nuit
pour tous les autres Tourbillons. Dans leur
Monde, ils sont uniques en leur espece,
par tout ailleurs ils ne servent qu'à faire
nombre. Ne faut-il pas pourtant, reprit-
elle, que les Mondes malgré cette égalité
diffèrent en mille choses, car un fond de
ressemblance ne laisse pas de porter des differences infinies ?

Assûrément, repris je mais la difficulté
est de deviner. Que sçai-je ? Un Tourbillon a plus de Planetes qui tournent autour
de son Soleil, un autre en a moins. Dans
l'un il y a des Planetes subalternes, qui
tournent autour des Planetes plus grandes,
dans l'autre il n'y en a point. Ici elles sont
toutes ramassées autour de leur Soleil, &
font comme un petit Peloton, au de là duquel s'étend un grand espace vuide, qui va
jusqu'aux Tourbillons voisins ; ailleurs elles
prennent leurs cours vers les extrêmitez du
Tourbillon, & laissent le milieu vuide. Je
ne doute pas même qu'il ne puisse y avoir
quelques Tourbillons deserts, & sans Planetes ; d'autres dont le Soleil n'étant pas
justement au centre, ait un véritable mouvement, & emporte ses Planetes avec soi ;
d'autres dont les Planetes s'elevent ou s'a-
baissent à l'égard de leur Soleil par le changement de l'équilibre qui les tient suspen-
duës. Enfin que voudriez-vous ? En voilà
bien assez pour un homme qui n'est jamais
sorti de son Tourbillon.

Ce n'en est guere, répondit-elle, pour la

quantité des Mondes. Ce que vous dites ne
fuffit que pour cinq ou fix ; & j'en voi d'i-
ci des milliers.

Que feroit-ce donc, repris-je, fi je vous
difois qu'il y a bien d'autres Etoiles fixes ,
que celles que vous voyez ; qu'avec des Lunettes on en découvre un nombre infini qui
ne fe montrent point aux yeux, & que dans
une feule Conftellation, où l'on en comptoit
peut-être douze ou quinze, il s'en trouve
autant que l'on en voyoit auparavant dans
tout le Ciel ?

Je vous demande grace, s'écria-t-elle , je
me rends : vous m'accablez de Mondes & de
Tourbillons. Je fçai bien ajoûtai-je , ce que
je vous garde encore. Vous voyez cette blan-
cheur qu'on apelle la Voye de Lait. Vous
figureriez-vous bien ce que c'eft ? Une infinité de petites Etoiles invifibles aux yeux à
caufe de leur petiteffe , & femées fi prés les
unes des autres, qu'elles paroiffent former
une lueur continuë. Je voudrois que vous
vifliez avec des Lunettes cette fourmiliere
d'Aftres ; & cette graine de Mondes (fi ces
expreffions font permifes.) Ils reffemblent
en quelque forte aux Ifles Malvides , à ces
mille petites Ifles ou Bancs de fable, feparez
feulement par des Canaux de Mer que l'on
fauteroit prefque comme des Foffez. Ainfi
les petits Tourbillons de la Voye de Lait
font fi ferrez, qu'il me femble que d'un Monde à l'autre on pouroit fe parler, ou même
fe donner la main. Du moins je croi que les
Oifeaux d'un monde paffent aifément dans
un autre, & que l'on y peut dreffer des Pi-
geons à porter des Lettres, comme ils en portent ici dans le Levant d'une Ville à une autre.
Ces petits Mondes fortent aparemment de

la règle generale, par laquelle un Soleil dans
son Tourbillon efface dés qu'il paroît tous les
Soleils étrangers. Si vous êtes dans un des
petits Tourbillons de la Voye de Lait, vôtre
Soleil n'eft prefque pas plus proche de vous,
& n'a pas fenfiblement plus de force fur ves
yeux, que cent mille autres Soleils des petits
Tourbillons voifins. Vous voyez donc vôtre
Ciel briller d'un nombre infini de feux, qui
font fort proche les uns des autres, & peu
éloignez de vous. Lorfque vous perdez de
vûë vôtre Soleil particulier, il vous en refte
encore affez, & vôtre nuit n'eft pas moins
éclairée que le jour, du moins la difference
ne peut pas être fenfible ; & pour parler plus
jufte, vous n'avez jamais de nuit. Ils feroient
bien étonnez, les Gens de ces Mondes-là,
accoûtumez comme ils font à une clarté perpetuelle, fi on leur difoit qu'il y a des malheureux qui ont de véritables nuits, qui
tombent dans des tenébres profondes, & que
quand ils joüiffent de la lumiere, ne voyent
même qu'un feul Soleil. Ils nous regarderoient comme des Eftres difgraciez de la
Nature, & nôtre condition les feroit fremir
d'horreur.

Je ne vous demande pas, dit la Marquife, s'il y a des Lunes dans les Mondes de la
Voye de Lait ; je voi bien qu'elles n'y feroient
de nul ufage aux Planetes principales qui
n'ont point de nuit, & qui d'ailleurs marchent dans des efpaces trop étroits pour
s'embaraffer de ces attirails de Planetes fu-
balternes. Mais fçavez-vous bien qu'à force
de me multiplier les Mondes fi liberalement,
vous me faites naître une véritable difficulté?
Les Tourbillons dont nous voyons les Soleils, touchent le Tourbillon où nous fom-

mes. Les Tourbillons font ronds, n'eft-il pas
vrai ? Et comment tant de Boules en peuvent-
elles toucher une feule ? Je veux m'imaginer
cela , & je fens bien que je ne le puis.

Il y a beaucoup d'efprit , répondis-je , à
voir cette difficulté-là , & même à ne la pouvoir réfoudre ; car elle eft trés bonne en foi ,
& de la maniere dont vous la concevez , elle
eft fans réponfe ; & c'eft avoir bien peu d'efprit que de trouver des réponfes à ce qui
n'en a point. Si nôtre Tourbillon étoit de la
figure d'un Dé, il auroit fix faces plates, & feroit bien éloigné d'être rond, mais fur chacune de ces faces on y pouroit mettre un Tourbillon de la même figure. Si au lieu de fix faces plates, il en avoit vingt, cinquante, mille, il y auroit jufqu'à mille Tourbillons qui
pouroient fe pofer fur lui, chacun fur une
face , & vous concevez bien que plus un
corps a de faces plates qui le terminent au
dehors , plus il aproche d'être rond ; en
forte qu'un Diamant taillé à facetes de tous
côtez, fi les facetes étoient fort petites, feroit quafi auffi rond qu'une Perle de même
grandeur. Les Tourbillons ne font ronds que
de cette maniere-là. Ils ont une infinité de
faces en dehors dont chacune porte un autre
Tourbillon. Ces faces font fort inégales ; ici
elles font plus grandes, là plus petites. Les
plus petites de nôtre Tourbillon ; par exemple , répondent à la Voye de Lait, & foutien-
nent tous ces petits Mondes. Que deux Tourbillons qui font apuyez fur deux faces voi-
fines, laiffent quelque vuide entr'eux par en
bas, comme cela doit arriver trés fouvent,
auffi-tôt la Nature qui ménage bien le ter-
rain , vous remplit ce vuide par un petit
Tourbillon ou deux , peut-être par mille ,

E v

qui n'incommodent point les autres, & ne laissent pas d'être un, ou deux, ou mille mondes de plus. Ainsi nous pouvons voir beaucoup plus de Mondes que nôtre Tourbillon n'a de faces pour en porter. Je gagerois que quoi que ces petits Mondes n'ayent été faits que pour être jettez dans des coins de l'Univers qui fussent demeurez inutiles, quoi qu'ils soient inconnus aux autres Mondes qui les touchent, ils ne laissent pas d'être fort contens d'eux-mêmes. Ce sont eux sans doute, dont on ne découvre les petits Soleils qu'avec des Lunettes d'aproche, & qui sont en une quantité si prodigieuse. Enfin tous ces Tourbillons s'ajustent les uns avec les autres le mieux qu'il est possible ; & comme il faut que chacun tourne autour de son Soleil sans changer de place, chacun prend la maniere de tourner, qui est la plus commode & la plus aisée dans la situation où il est. Ils s'engrainent en quelque façon les uns dans les autres comme les roüës d'une Montre, aident mutuellement leurs mouvemens. Il est pourtant vrai qu'ils agissent aussi les uns contre les autres. Chaque Monde, à ce qu'on dit, est comme un Balon qui s'enfle de soi-même, & qui s'étendroit, si on le laissoit faire ; mais il est aussi-tôt repoussé par les Mondes voisins, & il rentre en lui-même ; aprés quoi il recommence à s'enfler ; & ainsi de suite ; & on prétend que les Etoiles fixes ne nous envoyent cette lumiere tremblante, & ne paroissent briller à reprises, que parce que leurs Tourbillons poussent perpetuellement le nôtre, & en sont perpetuellement repoussez.

J'aime fort toutes ces idées-là, dit la Marquise. J'aime ces Balons qui s'enflent & se desenflent à chaque moment, & ces Mondes

qui se combattent toûjours, & sur tout j'aime à voir comment ce combat fait entr'eux
un commerce de lumiere, qui aparemment
est le seul qu'ils puissent avoir.

Non, non, repris-je, ce n'est pas le seul.
Les Mondes voisins nous envoyent quelquefois visiter, & même assez magnifiquement.
Ils nous envoyent des Cometes, qui sont toûjours ornées, ou d'une chevelure éclatante,
ou d'une barbe vénérable, ou d'une queuë ma-
jestueuse.

Ah ! quels Députez, dit-elle en riant. On
se passeroit bien de leur visite, elle ne sert
qu'à faire peur. Ils ne font peur qu'aux enfans, repliquai-je, à cause de leur équipage extraordinaire ; mais les enfans sont en
grand nombre. Les Cometes ne sont que des
Planetes qui apartiennent à un Tourbillon
voisin. Elles avoient leur mouvement vers
ses extrêmitez ; mais ce Tourbillon étant
peut-être differemment pressé par ceux qui
l'environnent, est plus rond par en haut,
& plus plat par en bas, & c'est par en bas
qu'il nous regarde. Ces Planetes qui auront commencé vers le haut à se mouvoir
en cercle, ne prevoyoient pas qu'en bas
le Tourbillon leur manqueroit, parce qu'il
est là comme écrasé : & pour continuer leur
mouvement circulaire, il faut nécessairement qu'elles entrent dans un autre Tourbillon, que je supose qui est le nôtre, & qu'elles en occupent les extrêmitez. Aussi sont-el-
les toûjours fort élevées à nôtre égard, elles
marchent beaucoup au dessus de Saturne. Il
est nécessaire dans nôtre Sistême, pour des
raisons qui ne font rien en nôtre sujet present,
que depuis Saturne jusqu'aux extrêmitez de
nôtre Tourbillon, il y ait un grand espace

vuide, & sans Planetes. Nos Ennemis nous reprochent sans cesse l'inutilité de ce grand espace. Qu'ils ne s'inquiétent plus, nous en avons trouvé l'usage, c'est l'apartement des Planetes étrangeres qui entrent dans nôtre Monde.

J'entens, dit-elle. Nous ne leur permettons pas d'entrer jusque dans le cœur de nôtre Tourbillon, & de se mêler avec nos Planetes, nous les recevons comme le grand Seigneur reçoit les Ambassadeurs qu'on lui envoye. Il ne leur fait pas l'honneur de les loger à Constantinople, mais seulement dans un Fauxbourg de la Ville. Nous avons encore cela de commun avec les Ottomans, repris-je, qu'ils reçoivent des Ambassadeurs sans en renvoyer, & que nous ne renvoyons point de Planetes aux Mondes nos voisins.

A en juger par toutes ces choses, repliqua-t-elle, nous sommes bien fiers. Cependant je ne sçai pas trop encore ce que j'en dois croire. Ces Planetes étrangeres ont un air bien menaçant avec leurs queuës & leurs barbes, & peut-être on nous les envoye pour nous insulter, au lieu que les nôtres, qui ne sont pas faites de la même maniere, ne seroient pas si propres à se faire craindre, quand elles iroient dans les autres Mondes.

Les queuës & les barbes, répondis-je, ne sont que des pures aparences. Les Planetes étrangeres ne different en rien des nôtres, mais en entrant dans nôtre Tourbillon, elles prennent la queuë ou la barbe par une certaine sorte d'illumination qu'elles reçoivent du Soleil, & qui, entre nous, n'a pas encore été trop bien expliquée; mais toûjours on est sûr qu'il ne s'agit que d'une espece d'illumination: on la devinera quand on poura. Je voudrois donc bien, reprit-elle, que nôtre Saturne allât prendre une queuë ou une barbe dans quelqu'autre Tourbillon, & y répandre l'effroi ; & qu'ensuite ayant mis bas cet accompagnement terrible, il revint se ranger ici avec les autres Planetes à ses fonctions ordinaires. Il vaut mieux pour lui, répondis-je, qu'il ne sorte point de nôtre Tourbillon. Je vous ai dit le choc qui se fait à l'endroit où deux Tourbillons se poussent, & se repoussent l'un l'autre ; je croi que dans ce païs-là une pauvre Planete est agitée assez rudement, & que ses Habitans ne s'en portent pas mieux. Nous croyons nous autres être bien malheureux quand il nous paroît une Comete ; c'est la Comete elle-même qui est bien malheureuse. Je ne le crois point, dit la Marquise, elle nous aporte tous ses Habitans en bonne santé. Rien n'est si divertissant que de changer ainsi de Tourbillon. Nous qui ne sortons jamais du nôtre, nous menons une vie assez ennuyeuse. Si les Habitans d'une Comete ont assez d'esprit pour prévoir le tems de leur passage dans nôtre Monde ceux qui ont déja fait le voyage, annoncent aux autres par avance ce qu'ils y verront. Vous découvrirez bien-tôt une Planete qui a un grand Anneau autour d'elle, disent-ils, peut-être, en parlant de Saturne. Vous en verrez une autre qui en a quatre petites qui la suivent. Peut-être même y a-t-il des gens destinez à observer le moment où ils entrent dans nôtre Monde, & qui crient aussi-tôt, *Nouveau Soleil, nouveau Soleil*, comme ces Matelots qui crient, *Terre, Terre.*

Il ne faut donc plus songer, lui dis-je, à

vous donner de la pitié pour les Habitans
d'une Comete ; mais j'espere du moins que
vous plaindrez ceux qui vivent dans un
Tourbillon dont le Soleil vient à s'éteindre,
& qui demeurent dans une nuit éternelle.
Quoi ? s'écria-t-elle, des Soleils s'éteignent ?
Oüi sans doute, répondis-je. Les Anciens
ont vû dans le Ciel des Etoiles fixes que
nous n'y voyons plus. Ces Soleils ont perdu leur lumiere ; grande desolation assurément dans tout le Tourbillon, mortalité
generale sur toutes les Planetes ; car que
faire sans Soleil ? Cette idée est trop funeste,
reprit-elle. N'y auroit-il pas moyen de me
l'épargner ? Je vous dirai si vous voulez,
répondis-je, ce que disent de fort habiles
gens ; que ces Etoiles fixes qui ont disparu
ne se sont pas pour cela éteintes ; que ce
sont des Soleils qui ne le sont qu'à demi,
c'est-à-dire, qui ont une moitié obscure, &
l'autre lumineuse ; que comme ils tournent
sur eux-mêmes, tantôt ils nous presentent
la moitié lumineuse, & qu'alors nous les
voyons ; tantôt la moitié obscure, & qu'a-
lors nous ne les voyons plus. Je prendrai
bien pour vous obliger cette opinion-là,
qui est plus douce que l'autre ; mais je ne
puis la prendre qu'à l'égard de certaines E-
toiles qui ont des tems réglez pour paroître & disparoître, ainsi qu'on a commencé
à s'en apercevoir ; autrement les demi-Soleils ne peuvent pas subsister. Mais que di-
rons-nous des Etoiles qui disparoissent, &
ne se remontrent pas aprés le tems, pendant lequel elles auroient dû assurément
achever de tourner sur elles-mêmes ? Vous
êtes trop équitable pour vouloir m'obliger
à croire que ce soient des demi-Soleils ? ce-

pendant je ferai encore un effort en vôtre
faveur. Ces Soleils ne se seront pas éteints ;
ils se seront seulement enfoncez dans la profondeur immense du Ciel, & nous ne pou-
rons plus les voir ; en ce cas le Tourbillon
aura suivi son Soleil, & tout s'y portera
bien. Il est vrai que la plus grande partie
des Etoiles fixes n'ont pas ce mouvement
par lequel elles s'éloignent de nous, car en
d'autres tems elles devroient s'en rapro-
cher, & nous les verrions, tantôt plus grandes, tantôt plus petites, ce qui n'arrive pas.
Mais nous suposerons qu'il n'y a que quelques petits Tourbillons plus legers & plus
agiles qui se glissent entre les autres, &
font de certains tours, au bout desquels ils
reviennent, tandis que le gros des Tourbillons demeure immobile ; mais voici un
étrange malheur. Il y a des Etoiles fixes qui
viennent se montrer à nous, qui passent
beaucoup de tems à ne faire que paroître
& disparoître, & enfin disparoissent entierement. Des demi-Soleils reparoîtront dans
des tems réglez ; des Soleils qui s'enfon-
ceroient dans le Ciel, ne disparoîtroient
qu'une fois, pour ne reparoître de long-
tems. Prenez vôtre résolution, Madame,
avec courage : il faut que ces Etoiles soient
des Soleils qui s'obscurcissent assez pour
cesser d'être visibles à nos yeux, & ensuite
se r'allument, & à la fin s'éteignent tout-à-
fait. Comment un Soleil peut-il s'obscur-
cir & s'éteindre, dit la Marquise, lui qui
est en lui-même une source de lumiere ? Le
plus aisément du monde, selon Descartes,
répondis-je, nôtre Soleil a des taches : que
ce soient ou des écumes, ou des brouillards,
ou tout ce qu'il vous plaira, ces taches peu-

vent s'épaissir, se mettre plusieurs ensemble, s'accrocher les unes aux autres ; ensuite elles iront jusqu'à former autour du
Soleil une croûte qui s'augmentera toûjours,
& adieu le Soleil. Nous l'avons déja même échapée belle, dit-on. Le Soleil a été
très pâle pendant des années entieres ; pendant celle, par exemple, qui suivoit la
mort de Cesar. C'étoit la croûte qui commençoit à se faire ; la force du Soleil la
rompit & la dissipa ; mais si elle eût con-
tinué, nous étions perdus. Vous me faites
trembler, dit la Marquise. Presentement
que je sçai les consequences de la pâleur du
Soleil, je croi qu'au lieu d'aller voir les
matins à mon miroir si je ne suis point pâle, j'irai voir au Ciel si le Soleil ne l'est
point lui-même. Ah ! Madame, répondis-
je, rassurez-vous, il faut du tems pour
rüiner un Monde. Mais enfin, dit-elle, il
ne faut que du tems ? Je vous l'avoüe,
repris-je. Toute cette masse immense de matiere qui compose l'Univers, est dans un
mouvement perpetuel, dont aucune de ses
parties n'est entierement exempte, & dés
qu'il y a du mouvement quelque part, ne
vous y fiez point, il faut qu'il arrive des
changemens ; soit lents, soit prompts, mais
toûjours dans des tems proportionnez à
l'effet. Les Anciens étoient plaisans de s'i-
maginer que les Corps celestes étoient de
nature à ne changer jamais, parce qu'ils ne
les avoient pas encore vû changer. Avoient-
ils eu le loisir de s'en assûrer par l'expérience ? Les Anciens étoient jeunes auprés de
nous. Si les Roses qui ne durent qu'un jour
faisoient des Histoires, & se laissoient des
Memoires les unes aux autres, les premie-

res auroient fait le portrait de leur Jardinier d'une certaine façon, & de plus de
quinze mille âges de rose : les autres qui
l'auroient encore laissé à celles qui les devoient suivre, n'y auroient rien changé. Sur
cela elles diroient, *Nous avons toûjours vû le
même Jardinier, de mémoire de Rose on n'a vû
que lui, il a toûjours été fait comme il est, assurément il ne meurt point comme nous, il ne change
seulement pas.* Le raisonnement des Roses,
seroit-il bon ? Il auroit pourtant plus de fondement que celui que faisoient les Anciens
sur les corps celestes ; & quand même il ne
seroit arrivé aucun changement dans les
Cieux jusqu'à aujourd'hui ; quand ils paroî-
troient marquer qu'ils seroient faits pour
durer toûjours sans aucune alteration, je ne
les en croirois pas encore ; j'attendrois une
plus longue expérience. Devons-nous établir nôtre durée, qui n'est que d'un instant,
pour la mesure de quelqu'autre ? Seroit-ce
à dire que ce qui auroit duré cent mille fois
plus que nous, dût toûjours durer ? On
n'est pas si aisément éternel. Il faudroit qu'u-
ne chose eût passé bien des âges d'homme,
mis bout à bout, pour commencer à donner quelque signe d'immortalité. Vraiment,
dit la Marquise, je voi les Mondes bien
éloignez d'y pouvoir prétendre. Je ne leur
ferois seulement pas l'honneur de les comparer à ce Jardinier qui dure tant à l'égard
des Roses : ils ne font que comme les Roses mêmes qui naissent & qui meurent dans
un Jardin les unes après les autres ; car je
m'attends bien que s'il disparoît des Etoiles
anciennes, il en paroît de nouvelles ; il faut
que l'espece se répare. Il n'est pas à craindre qu'elle périsse, répondis-je. Les uns

vous dirons que ce ne sont que des Soleils qui se raprochent de nous, après avoir été long-tems perdus pour nous dans la profondeur du Ciel. D'autres vous diront que ce sont des Soleils qui sont dégagez de cette croûte obscure qui commençoit à les environner. Je croi aisément que tout cela peut-être, mais je croi aussi que l'Univers peut avoir été fait de sorte qu'il s'y formera de tems en tems des Soleils nouveaux. Pourquoi la matiere propre à faire un Soleil ne poura-t-elle pas après avoir été dispersée en plusieurs endroits differens, se ramasser à la longue en un certain lieu, & y jetter les fondemens d'un nouveau Monde ? J'ai d'autant plus d'inclination à croire ces nouvelles productions, qu'elles répondent mieux à la haute idée que j'ai des ouvrages de la Nature. N'auroit-elle le pouvoir que de faire naître & mourir des herbes ou des Planetes par une révolution continuelle ? Je suis persuadé, & vous l'êtes déja aussi, qu'elle met en usage ce même pouvoir sur les Mondes, & qu'il ne lui en coûte pas davantage. De bonne foi, dit la Marquise, je trouve à present les Mondes, les Cieux, & les Corps celestes si sujets au changement, que m'en voilà tout-à-fait revenuë. Revenons-en encore mieux, si vous m'en croyez, repliquai-je, n'en parlons plus, aussi bien vous voilà arrivée à la derniere voûte des Cieux ; & pour vous dire s'il y a encore des Etoiles au delà, il faudroit être plus habile que je ne suis. Mettez-y encore des Mondes, n'y en mettez pas, cela dépend de vous. C'est proprement l'Empire des Philosophes, que ces grands Païs invisibles qui peuvent être ou n'être pas si

on veut, ou être tels que l'on veut, il me
suffit d'avoir mené vôtre esprit aussi loin
que vont vos yeux.

Quoi ? s'écria-t'elle, j'ai dans la tête tout
le Sistême de l'Univers ! je suis sçavante !
Oüi repliquai-je vous l'êtes assez raisonnablement, & vous l'êtes avec la commodité
de pouvoir ne rien croire de tout ce que je
vous ai dit, dés que l'envie vous en prendra.
Je vous demande seulement pour récompense de mes peines, de ne voir jamais le Soleil, ni le Ciel, ni les Etoiles, sans songer
à moi.

Puisque j'ai rendu compte de ces Entretiens au Public, je croi ne lui devoir plus rien cacher sur cette matiere. Je publierai un nouvel Entretien, qui vint long-tems aprés les autres, mais qui fut précisement de la même espece. Il portera le nom de Soir, puisque les autres l'ont porté, il vaut mieux que tout soit sous le même titre.

SIXIE'ME SOIR.

Nouvelles pensées qui confirment celles des Entretiens précedens. Dernieres Décou-
vertes qui ont été faites dans le Ciel.

IL y avoit long-tems que nous ne par-lions plus des Mondes, Madame L. M.
D. G. & moi, & nous commençions même à oublier que nous en eussions jamais par-lé, lorsque j'allai un jour chez elle, & y entrai justement comme deux hommes d'es-prit, & assez connus dans le monde, en sor-toient. Vous voyez bien, me dit-elle, aus-si-tôt qu'elle me vit, quelle visite je viens de recevoir ; je vous avoüerai qu'elle m'a laissée avec quelque soupçon que vous pou-riez bien m'avoir gâté l'esprit. Je serois bien glorieux, lui répondis-je, d'avoir eu tant de pouvoir sur vous, je ne croi pas qu'on pût rien entreprendre de plus difficile. Je crains pourtant que vous ne l'ayez fait, re-prit-elle. Je ne sçai comment la Conversa-tion s'est tournée sur les Mondes, avec ces deux hommes qui viennent de sortir, peut-être ont-ils amené ce discours malicieuse-ment. Je n'ai pas manqué de leur dire aus-si-tôt que toutes les Planetes étoient habi-tées. L'un d'eux m'a dit qu'il étoit fort per-suadé que je ne le croyois pas : moi, avec toute la naïveté possible, je lui ai soûtenu que je le croyois ; il a toûjours pris cela pour une feinte d'une personne qui vouloit

se divertit, & j'ai crû que ce qui le rendoit opiniâtre à ne me pas croire moi-même sur mes sentimens, c'est qu'il m'estimoit trop pour s'imaginer que je fusse capable d'une opinion si extravagante. Pour l'autre, qui ne m'estime pas tant, il m'a crû sur ma parole. Pourquoi m'avez-vous entêtée d'une chose que les gens qui m'estiment ne peuvent pas croire que je soutienne serieusement ? Mais, Madame, lui répondis-je, pourquoi la souteniez-vous serieusement avec des gens que je suis sûr qui n'entroient dans aucun raisonnement qui fut un peu serieux ? Est-ce ainsi qu'il faut commettre les Habitans des Planetes ? Contentons-nous d'être une petite troupe choisie qui les croyons, & ne divulguons pas nos misteres dans le Peuple. Comment, s'écriat-elle, apellez-vous le peuple les deux hommes qui sortent d'ici ? Ils ont bien de l'esprit, repliquai-je, mais ils ne raisonnent jamais. Les raisonneurs qui sont gens durs, les apelleront peuple sans difficulté. D'autre part ces gens-ci s'en vengent en tournant les raisonneurs en ridicules ; & c'est, ce me semble, un ordre très bien établi, que chaque espece méprise ce qui lui manque. Il faudroit, s'il étoit possible, s'accommoder à chacune ; il eût bien mieux valu plaisanter des Habitans des Planetes avec ces deux hommes que vous venez de voir, puis qu'ils sçavent plaisanter, que d'en raisonner, puis qu'ils ne le sçavent pas faire. Vous en seriez sortie avec leur estime, & les Planetes n'y auroient pas perdu un seul de leurs Habitans. Trahir la verité, dit la Marquise ! vous n'avez point de conscience. Je vous avouë, répondis-je, que je n'ai

pas un grand zéle pour ces véritez-là, &
que je les sacrifice volontiers aux moindres
commoditez de la Société. Je voi, par
exemple, à quoi il tient, & à quoi il tiendra toûjours que l'opinion des Habitans des
Planetes ne passe pour aussi vrai-semblable
qu'elle l'est ; les Planetes se presentent toûjours aux yeux comme des corps qui jettent
de la lumiere, & non point comme de grandes
Campagnes ou de grandes Prairies ; nous croi-
rions bien que des Prairies & des Campagnes
seroient habitées, mais des corps lumineux, il
n'y a pas moyen. La raison a beau venir nous
dire qu'il y a dans les Planetes des Campagnes, des Prairies ; la raison vient trop tard ;
le premier coup d'œil a fait son effet sur nous
avant elle ; nous ne la voulons plus écoûter ;
les Planetes ne sont que des corps lumineux ;
& puis comment seroient faits leurs Habitans ? Il faudroit que nôtre imagination nous
représentât aussi-tôt leurs figures, elle ne le
peut pas, c'est le plus court de croire qu'ils
ne sont point. Voudriez vous que pour établir les Habitans des Planetes dont les interêts me touchent d'assez loin, j'allasse
attaquer ces redoutables puissances qu'on
apelle les Sens & l'imagination ? Il faudroit bien du courage pour cette entreprise ; on ne persuade pas facilement aux hommes de mettre leur raison en la place de
leurs yeux. Je voi quelquefois bien des
gens assez raisonnables pour vouloir bien
croire, aprés mille preuves, que les Planettes sont des Terres ; mais ils ne le croyent
pas de la même façon qu'ils le croiroient
s'ils ne les avoient pas vûës sous une aparence différente ; il leur souvient toûjours
de la premiere idée qu'ils en ont prise, &

ils n'en reviennent pas bien. Ce font ces gens-là qui en croyant nôtre opinion, femblent cependant lui faire grace, & ne la favorifer qu'à caufe d'un certain plaifir que leur fait fa fingularité.

Et quoi, interrompit-elle, n'en eft ce pas affez, pour une opinion qui n'eft que vraifemblable ? Vous feriez bien étonnée, repris-je, fi je vous difois que le terme de vrai femblance eft affez modefte. Eft-il fimplement vrai-femblable qu'Alexandre ait été ? Vous vous en tenez fort fûre, & furquoi eft fondée cette certitude ? Sur ce que vous en avez toutes les preuves que vous pouvez fouhaiter en pareille matiere, & qu'il ne fe prefente pas le moindre fujet de douter, qui fufpende & qui arrête vôtre Efprit : car du refte, vous n'avez jamais vû Alexandre, & vous n'avez pas de démonftration Mathematique qu'il ait dû être ; mais que diriez-vous fi les Habitans des Planetes étoient à peu prés dans le même cas ? On ne fçauroit vous les faire voir, & vous ne pouvez pas demander qu'on vous les démontre comme l'on feroit une affaire de Mathematique ; mais toutes les preuves qu'on peut fouhaiter d'une pareille chofe, vous les avez ; la reffemblance entiere des Planetes avec la Terre qui eft habitée ; l'impoffibilité d'imaginer aucun autre ufage pour lequel elles euffent été faites ; la fecondité & la magnificence de la Nature ; de certains égards qu'elle paroît avoir eu pour les befoins de fes Habitans, comme d'avoir donné des Lunes aux Planetes éloignées du Soleil, & plus de Lunes aux plus éloignées : Et ce qui eft trés important, tout eft de ce côté-là, & rien du tout de

l'autre

d'autre, & vous ne sçauriez imaginer le moindre sujet de doute, si vous ne reprenez les yeux & l'esprit du Peuple. Enfin, suposé qu'ils soient ces Habitans des Planetes, ils ne sçauroient se déclarer par plus de marques, & par des marques plus sensibles : Aprés cela, c'est à vous à voir si vous ne les voulez traiter que de choses purement vrai-semblable. Mais vous ne voudriez pas, reprit-elle, que cela me parût aussi certain, qu'il me le paroît qu'Alexandre a été : Non pas tout-à-fait, répondis-je, car quoi que nous ayons sur les Habitans des Planetes autant de preuves que nous en pouvons avoir dans la situation où nous sommes, le nombre de ces preuves n'est pourtant pas grand. Je m'en vais renoncer aux Habitans des Planetes, interrompit-elle, car je ne sçai plus en quel rang les mettre dans mon esprit ; ils ne sont pas tout-à-fait certains ; ils sont plus que vrai-semblables ; cela m'embarasse trop. Ah ! Madame, repliquai-je, ne vous découragez pas. Les Horloges les plus communes & les plus grossieres marquent les heures, il n'y a que celles qui sont travaillées avec plus d'art qui marquent les minutes. De même les esprits ordinaires sentent bien la difference d'une simple vrai-semblance à une certitude entiere ; mais il n'y a que les esprits fins qui sentent le plus ou le moins de certitude ou de vrai-semblance, & qui en marquent, pour ainsi dire, les minutes par leur sentiment. Placez les Habitans des Planetes un peu au dessous d'Alexandre, mais au dessus de je ne sçai combien de points d'histoire qui ne sont pas tout-à-fait prouvez ; je croi qu'ils seront bien là.

J'aime l'ordre, dit-elle, & vous me faites plaisir d'arranger mes idées ; mais pourquoi n'avez-vous pas déja pris ce soin-là ? Parce que quand vous croiriez les Habitans des Planetes un peu plus, ou un peu moins qu'ils ne méritent, il n'y aura pas grand malheur, répondis-je. Je suis sûr que vous ne croyez pas le mouvement de la Terre autant qu'il devroit être-crû, en êtes-vous beaucoup à plaindre ? Oh ! pour cela, reprit-elle, j'en fais bien mon devoir, vous n'avez rien à me reprocher, je croi fermement que la Terre tourne. Je ne vous ai pourtant pas dit la meilleure raison qui le prouve, repliquai-je. Ah ! s'écria-t-elle, c'est une trahison de m'avoir fait croire les choses, sans m'en aporter que de foibles preuves. Vous ne me jugiez donc pas digne de croire sur de bonnes raisons ? Je ne vous prouvois les choses répondis-je, qu'avec de petits raisonnemens doux, & accommodez à vôtre usage ; en eussai-je employé d'aussi solides & d'aussi robustes que si j'avois eu à attaquer un Docteur ? Oüi, dit-elle, prenez-moi presentement pour un Docteur, & voyons cette nouvelle preuve du mouvement de la Terre.

Volontiers, repris-je, la voici. Elle me plaît fort, peut-être parce que je croi l'avoir trouvée ; cependant elle est si bonne & si naturelle, que je n'oserois m'assurer d'en être l'inventeur. Il est toûjours sûr qu'un Sçavant entêté qui y voudroit répondre, seroit réduit à parler beaucoup, ce qui est la seule maniere dont un Sçavant puisse être confondu. Il faut ou que tous les Corps Celestes tournent en vingt-quatre heures autour de la Terre, ou que la Terre tournant sur elle-même en vingt-quatre heures, attribuë ce mouvement à tous les Corps Celestes. Mais qu'ils ayent réellement cette révolution de vingt-quatre heures autour de la Terre, c'est bien la chose du monde où il y a le moins d'aparence, quoi que l'absurdité, n'en saute pas d'abord aux yeux. Toutes les Planetes font certainement leurs grandes révolutions autour du Soleil ; mais ces révolutions font inégales entr'elles, felon les distances où les Planetes font du Soleil ; les plus éloignées font leur cours en plus de tems, ce qui est fort naturel. Cet ordre s'observe même entre les petites Planetes subalternes qui tournent autour d'une grande. Les quatre Lunes de Jupiter, les cinq de Saturne, font leurs cercles en plus ou moins de tems autour de leur grande Planete, felon qu'elles en font plus ou moins éloignées. De plus, il est sûr que les Planetes ont des mouvemens fur leurs propres centres ; ces mouvemens font encore inégaux ; on ne sçait pas bien fur quoi se régle cette inégalité, si c'est ou fur la differente grosseur des Planetes, ou fur la differente vitesse des Tourbillons particuliers qui les enferment, & des matieres liquides où elles font portées ; mais enfin l'inégalité est très certaine, & en general, tel est l'ordre de la Nature, que tout ce qui est commun à plusieurs choses, se trouve en même-tems varié par des differences particulieres.

Je vous entends, interrompit la Marquise, & je croi que vous avez raison. Oüi, je suis de vôtre avis, si les Planetes tournoient autour de la Terre, elles tourneroient en des tems inégaux felon leurs distances, ainsi qu'elles font autour du Soleil, n'est-ce pas ce que vous voulez dire ? Justement, Madame re-

pris-je ; leurs distances inégales à l'égard de
la Terre, & leurs differentes grosseurs, & la
differente vitesse des Tourbillons particuliers où elles sont enfermées, devroient pro-
duire des differences dans ce mouvement
prétendu autour de la Terre, aussi-bien que
dans tous les autres mouvemens ; & les Etoiles fixes qui sont si prodigieusement éloignées de nous, si fort élevées au dessus de
tout ce qui pourroit prendre autour de nous
un mouvement general, du moins situées
en lieu où ce mouvement devroit être fort
affoibli, n'y auroit-il pas bien de l'aparence qu'elles ne tourneroient pas autour de
nous en vingt-quatre heures, comme la Lune qui en est si proche ? Les Cometes qui
sont étrangeres dans nôtre Tourbillon, qui
y tiennent des routes si differentes les unes
des autres, qui ont aussi des vitesses si differentes ne devroient-elles pas être dispensées
de tourner tout autour de nous dans ce même tems de 24. heures ; mais non, Etoiles
fixes, Cometes, tout tournera en 24. heures
autour de la Terre. Encore, s'il y avoit dans
ces mouvemens quelques minutes de difference , on pourroit s'en contenter : mais ils
seront tous de la plus exacte égalité, ou plûtôt de la seule égalité exacte qui soit au monde ; pas une minute de plus ou de moins. En
verité, cela doit être étrangement suspect.

Oh ! dit la Marquise, plus qu'il est possible que cette grande égalité ne soit que dans
nôtre imagination, je me tiens fort sûre
qu'elle n'est point hors de là. Je suis bien
aise qu'une chose qui n'est point du genie de
la Nature, retombe entierement sur nous,
& qu'elle en soit déchargée, quoi que ce soit
à nos dépens. Pour moi, repris-je, suis si en-

même de l'égalité parfaite, que je ne trouve
pas même trop bon que tous les jours que la
Terre fait chaque jour sur elle-même, soient
précisément de 24. heures, & toûjours égaux
les uns aux autres ; j'aurois assez d'inclination à croire qu'il y a des différences. Des
différences, s'écria-t-elle ! Et nos Pendules
ne marquent-elles pas une entiere égalité !
Oh ! répondis-je, je recuse les Pendules ; elles ne peuvent pas elles-mêmes être tout-à-
fait justes ; & quelquefois qu'elles le seront
en marquant qu'un tour de vingt-quatre heures sera plus long ou plus court qu'un autre,
on aimera mieux les croire déreglées, que de
soupçonner la Terre de quelque irrégularité
dans ses révolutions. Voilà un plaisant respect qu'on a pour elle, je ne me fierois guere
plus à la Terre qu'à une Pendule : les mêmes
choses à peu prés qui déregleront l'un, dé-
régleront l'autre. Je croi seulement qu'il faut
plus de tems à la Terre qu'à une Pendule
pour se déregler sensiblement, c'est tout l'a-
vantage qu'on lui peut accorder. Ne pou-
roit-elle pas peu à peu s'aprocher du Soleil ?
Et alors se trouvant dans un endroit où la
matiere seroit plus agitée, & le mouvement
plus rapide, elle feroit en moins de tems sa
double révolution, & autour du Soleil, &
autour d'elle-même. Les années seroient plus
courtes, & les jours aussi ; mais on ne pouroit
s'en apercevoir, parce qu'on ne laisseroit
pas de partager toûjours les années en trois
cens soixante & cinq jours, & les jours en
vingt-quatre heures. Ainsi sans vivre plus
que nous ne vivons presentement, on vi-
vroit plus d'années ; & au contraire, que la
Terre s'éloigne du Soleil, on vivra moins
d'années que nous ; & on ne vivra pas moins.

F iij

Il y a beaucoup d'aparence, dit-elle, que
quand cela seroit, de longues suites de siè-
cles ne produiroient que de bien petites différences. J'en conviens répondis-je ; la con-
duite de la Nature n'est pas brusque, & la
métode est d'amener tout par des degrez,
qui ne sont sensibles que dans les changemens
fort prompts & fort aisez. Nous ne sommes
presque capables de nous apercevoir que de
celui des Saisons, pour les autres qui se font
avec une certaine lenteur, ils ne manquent
guere de nous échaper. Cependant tout est
dans un branle perpetuel, & il n'y a pas jusqu'à une certaine Demoiselle que l'on a vûë
dans la Lune avec des Lunettes depuis près
de vingt ans, qui ne soit considérablement
vieillie. Elle avoit un assez beau visage ; ses
joües se sont enfoncées, son nez s'est alongé,
son front & son menton se sont avancez ; de
sorte que tous ses agrémens sont évanoüis, &
que l'on craint même pour ses jours.

   Que me contez-vous là, interrompit la
Marquise ? Ce n'est point une plaisanterie,
repris-je. On apercevoit dans la Lune une
figure particuliere qui avoit de l'air d'une tête de femme qui sortoit d'entre les Rochers,
& il est arrivé du changement dans cet en-
droit-là. Il est tombé quelques morceaux de
Montagnes qui ont laissé à découvert trois
pointes qui ne peuvent plus servir qu'à composer un front, & un nez, & un menton de
vieille. Ne semble-t-il pas, dit-elle, qu'il y
ait une destinée malicieuse, qui en veüille
particulierement à la beauté ! ç'a été justement cette tête de Demoiselle, qu'elle a été
attaquer sur toute la Lune. Peut-être qu'en
récompense, repliquai-je, les changemens
qui arrivent sur nôtre Terre embellissent

quelque visage que les gens de la Lune y voyent ? j'entens quelque visage à la maniere de la Lune, car chacun transporte sur les objets les idées dont il est rempli. Nos Astronomes voyent sur la Lune des visages de Demoiselles, il pouroit être que des femmes qui observeroient, y verroient de beaux visages d'hommes. Moi, Madame, je ne sçai si je ne vous y verrois point. J'avouë, dit-elle, que je ne pourois pas me défendre d'être obligée à qui me trouveroit là ; mais je retourne à ce que vous me disiez toute à l'heure ; arrive-t-il sur la Terre des changemens considérables ?

Il y a quelque aparence, répondis-je, qu'il en est arrivé. Les fables disent qu'Hercule separa avec ses deux mains deux Montagnes nommées Calpe & Abila, qui étant situées entre l'Afrique & l'Espagne, arrêtoient l'Ocean, & qu'aussi-tôt la Mer entra avec violence dans les Terres, & fit ce grand Golfe, qu'on apelle la Mediterranée. Les Fables ne sont point tout-à-fait des Fables, ce sont des Histoires des tems reculez, mais qui ont été défigurées ou par l'ignorance des Peuples, ou par l'amour qu'ils avoient pour le Merveilleux, très anciennes maladies des hommes. Qu'Hercule ait separé deux Montagnes avec ses deux mains, cela n'est pas trop croyable ; mais que du tems de quelque Hercule, car il y en a cinquante, l'Ocean ait enfoncé deux Montagnes plus foibles que les autres, peut-être à l'aide du tremblement de quelque Tetre, & se soit jetté entre l'Europe & l'Afrique, je le croirois sans beaucoup de peine. Ce fut alors une belle tache que les Habitans de la Lune virent paroître tout à coup sur nôtre Tetre ; car

vous ſçavez, Madame, que les Mers ſont des
taches. Du moins l'opinion commune eſt
que la Sicile a été ſéparée de l'Italie, & Cy-
pre de la Sirie ; il s'eſt quelquefois formé de
nouvelles Iſles dans la Mer ; des tremblemens
de terre ont abîmé des Montagnes, en ont
fait naître d'autres, & ont changé le cours
des Planetes. Les Philoſophes nous font
craindre que le Royaume de Naples & la
Sicile, qui ſont des terres apuyées ſur de
grandes voûtes ſoûterraines remplies de ſou-
phre, ne fondent quelque jour, quand les
voûtes ne ſeront plus aſſez fortes pour ré-
ſiſter aux feux qu'elles renferment, & qu'elles exhalent préſentement par des ſoupiraux
tels que le Veſuve & l'Etna. En voilà aſſez
pour diverſifier un peu le ſpectacle que nous
donnons aux Gens de la Lune.

J'aimerois bien mieux, dit la Marquiſe,
que nous les ennuyaſſions en leur donnant
toûjours le même, que de les divertir par des
Provinces abîmées.

Je ne ſçai, repris-je, s'il n'y en a pas eu
depuis peu pluſieurs d'embraſées dans Jupiter. Des Provinces embraſées dans Jupiter,
s'écria-t-elle ! vraiment ce ſeroit-là une Nouvelle conſidérable. Trés conſidérable, répondis-je. On a vû cette année dans Jupiter une
longue lumiere plus éclatante que le reſte du
corps de la Planete. Nous avons eu ici des
Déluges, peut être que dans Jupiter ils ſont
ſujets à de grandes incendies. Que ſçavons-
nous ? Jupiter eſt quatre vingt dix fois plus
grand que la Terre, & il tourne ſur ſon centre en dix heures, au lieu que nous ne tour-
nons qu'en vingt-quatre, c'eſt-à-dire, que
ſon mouvement eſt deux cens ſeize fois plus
fort que le nôtre. Ne ſe pouroit-il point

que dans un tournoyement si violent les parties les plus seches & les plus combustibl s
prissent feu, comme il arrive quelquefois
que des Essieux de roüe, ou des Fléches ti-
rées avec beaucoup de force, s'enflâment?
Mais quoi qu'il en soit, cette lumiere de Jupiter n'est nullement comparable à une autre
qui selon les aparences est aussi ancienne que
le monde, & que l'on n'avoit pourtant jamais
vûë. Comment une lumiere fait-elle pour se
cacher, dit-elle? Il faut pour cela une adresse singuliere.

Celle-là, repris-je, ne paroît que dans
le tems des Crepuscules, de sorte que le
plus souvent, ils sont assez forts pour la cou-
vrir, & que quand ils peuvent la laisser paroître, ou les vapeurs de l'horison la dé-
robent, ou elle est si peu sensible, qu'à
moins que d'être fort exacte on la prend
pour les Crepuscules mêmes. Mais enfin depuis trente ans on l'a démêlée, sûrement, &
elle a fait quelque tems les délices des A-
stronomes, dont la curiosité avoit besoin
d'être réveillée par quelque chose d'une espece nouvelle; ils eussent eu beau découvrir de nouvelles Planetes subalternes, ils
n'en étoient presque plus touchez. Les deux
dernieres Lunes de Saturne, par exemple,
ne les ont pas charmez ni ravis, comme
avoient fait les Satellites ou les Lunes de
Jupiter; on s'accoûtume à tout. On voit
donc un mois devant & aprés l'Equinoxe
de Mars, lorsque le Soleil est couché, &
le Crepuscule fini, une certaine lumiere
blanchâtre qui ressemble à une queuë de Comete. On la voit avant le lever du Soleil,
& avant le Crepuscule vers l'Equinoxe de
Septembre, & vers le Solstice d'Hiver on

la voit soir & matin ; hors de là elle ne peut,
comme je viens de vous dire, se dégager
des Crepuscules, qui ont trop de force & de
durée ; car on supose qu'elle subsiste toûjours,
& l'aparence y est toute entiere. On commence à conjecturer qu'elle est produite par
quelque grand amas de matiere un peu épais-
se qui environne le Soleil jusqu'à une certaine étenduë : la plûpart de ses rayons per-
cent cette enceinte, & viennent à nous en ligne droite, mais il y en a qui allant donner
contre la surface interieure de cette matiere, en sont renvoyez vers nous, & y arrivent
lorsque les rayons directs, ou ne peuvent
pas encore y arriver le matin, ou ne peuvent
plus y arriver le soir. Comme ces rayons re-
fléchis partent de plus haut que les rayons
directs, nous devons les avoir plûtôt, & les
perdre plus tard.

Sur ce pied-là, je dois me dédire de ce
que je vous avois dit, que la Lune ne de-
voit point avoir de Crepuscules, faute d'ê-
tre environnée d'un air épais, ainsi que la
Terre. Elle n'y perdra rien, ses Crepuscules
lui viendront de cette espece d'air épais qui
environne le Soleil, & qui en r'envoye les
rayons dans des lieux où ceux qui partent di-
rectement de lui ne peuvent aller. Mais ne
voilà-t-il pas aussi, dit la Marquise, des Crepuscules assurez pour toutes les Planetes,
qui n'auront pas besoin d'être envelopées
chacune d'un air grossier, puisque celui qui
envelope le Soleil seul peut faire cet effet-
là pour tout ce qu'il y a de Planetes dans
le Tourbillon ? Je croirois assez volontiers
que la Nature, selon le penchant que je lui
connois à l'œconomie, ne se seroit servie
que de ce seul moyen. Cependant, repli-

quai-je, malgré cette œconomie, il y auroit à l'égard de nôtre Terre deux caufes de
Crepufcules, dont l'une, qui eſt l'air épais
du Soleil, feroit affez inutile, & ne pouroit être qu'un objet de curiofité pour les
Habitans de l'Obſervatoire. Mais il faut
tout dire, il fe peut qu'il n'y ait que la
Terre qui pouffe hors de foi des vapeurs &
des exhalaifons affez groffieres pour produi-
re des Crepufcules, & la Nature aura eu
raifon de pourvoir par un moyen general
aux befoins de toutes les autres Planetes,
qui feront pour ainfi dire, plus pures, &
dont les évaporations feront plus fubtiles.
Nous fommes peut-être ceux d'entre tous
les Habitans des Mondes de nôtre Tourbillon, à qui il faloit donner à refpirer l'air
le plus groffier & le plus épais. Avec quel
mépris nous regarderoient les Habitans des
autres Planetes, s'ils fçavoient cela ?

Ils auroient tort, dit la Marquife, on n'eſt
pas à méprifer pour être envelopé d'un air
épais, puifque le Soleil lui-même en a un
qui l'envelope. Dites-moi, je vous prie, cet
air n'eſt-il point produit par de certaines vapeurs que vous m'avez dit autrefois qui for-
toient du Soleil, & ne fert-il point à rompre
la premiere force des rayons, qui auroit
peut-être été exceffive ? Je conçois que le Soleil pouroit être naturellement voilé, pour
être plus proportionné à nos ufages. Voilà,
Madame, répondis-je, un petit commencement de Siftême que vous avez fait affez
heureufement. On y pouroit ajoûter que
ces vapeurs produiroient des efpeces de
pluyes qui retomberoient dans le Soleil pour
le rafraîchir de la même maniere que l'on
jette quelquefois de l'eau dans une forge

dont le feu est trop ardent. Il n'y a rien qu'on ne doive présumer de l'adresse de la Nature, mais elle a une autre sorte d'adresse toute particuliere pour se dérober à nous, & on ne doit pas s'assurer aisément d'avoir deviné sa maniere d'agir ni ses desseins. En fait de Découvertes nouvelles, il ne faut pas trop se presser de raisonner, quoi qu'on en ait toûjours assez d'envie, & les vrais Philosophes sont comme les Elephans, qui en marchant ne posent jamais le second pied à terre, que le premier n'y soit bien affermi. La comparaison me paroît d'autant plus juste, interrompit-elle, que le mérite de ces deux especes, Elephans & Philosophes, ne consiste nullement dans les agremens exterieurs. Je consens que nous imitions le jugement des uns & des autres ; aprenez-moi encore quelques-unes des dernieres Decouvertes, & je vous promets de ne point faire des Sistêmes précipitez.

Je viens de vous dire, répondis-je, toutes les nouvelles que je sçai du Ciel, & je ne croi pas qu'il y en ait de plus fraîches. Je suis bien fâché qu'elles ne soient pas aussi surprenantes & aussi merveilleuses que quelques Observations que je lisois l'autre jour dans un Abregé des Annales de la Chine, écrit en Latin, & imprimé depuis peu. On y voit des mille Etoiles à la fois qui tombent du Ciel dans la Mer avec un grand fracas, ou qui se dissolvent, & s'en vont en pluye, & cela n'a pas été vû pour une fois à la Chine. J'ai trouvé cette Observation en deux tems assez éloignez, sans compter une Etoile qui s'en va crever vers l'Orient, comme une fusée, toûjours avec grand bruit. Il est fâcheux que ces spectacles là soient réservez pour la

Chine, & que ces Païs-ci n'en ayent jamais
eu leur part. Il n'y a pas long-tems que tous
nos Philosophes se croyoient fondez en
expérience pour soutenir que les Cieux &
tous les Corps Celestes étoient incorrupti-
bles, & incapables de changemens; & pendant ce tems-là d'autres hommes à l'autre
bout de la Terre voyoient des Etoiles se
dissoudre par milliers, cela est assez different. Mais dit-elle, n'ai-je pas toûjours oüi
dire que les Chinois étoient de si grands
Astronomes? Il est vrai, repris-je, mais les
Chinois y ont gagné à être separez de nous
par un long espace de Terre, comme les
Grecs & les Romains à en être separez par
une longue suite de siecles; tout éloignement
est en droit de nous imposer. En verité, je crois
toûjours de plus en plus, qu'il y a un certain
Genie, qui n'a point encore été hors de nôtre
Europe, ou qui du moins ne s'en est pas
beaucoup éloigné. Peut-être qu'il ne lui est
pas permis de se répandre dans une grande
étendüe de terre à la fois, & que quelque fa-
talité lui prescrit des bornes assez étroites.
Joüissons-en tandis que nous le possedons;
ce qu'il a de meilleur, c'est qu'il ne se renferme pas dans les sciences & dans les specula-
tions seches, il s'étend avec autant de suc-
cès jusqu'aux choses d'agrément, sur les-
quelles je doute qu'aucun Peuple nous égale.
Ce sont celles-là, Madame, ausquelles il
apartient de vous occuper, & qui doivent
composer toute vôtre Philosophie.

F I N.

LES OEUVRES
DE Mr. DE FONTENELLE

CONTIENNENT

DEUX VOLUMES.

Dont le *premier contient*

Les Nouveaux Dialogues des Morts. Et le Jugement de Pluton, ſur les deux Parties des Nouveaux Dialogues des Morts.
Les Entretiens ſur la pluralité des Mondes.
L'Hiſtoire des Oracles.

Tome ſecond.

Les Lettres Galantes de Monſieur le Chevalier D'Her * * *
Les Poëſies Paſtorales. Avec un Traité ſur la Nature de l'Eglogue, & une Digreſſion ſur les Anciens & les Modernes.

PREFACE.

IL y a quelque tems qu'il me tomba entre les mains un Livre Latin sur les Oracles des Payens, composé depuis peu par Monsieur Van-Dale, Docteur en Medecine, & imprimé en Hollande. Je trouvai que cet Auteur détruisoit avec assez de force ce que l'on croit communément des Oracles rendus par les Démons, & de leur cessation entiere à la venuë de Jesus-Christ ; & tout l'Ouvrage me parût plein d'une grande connoissance de l'Antiquité, & d'une érudition très étenduë. Il me vint en pensée de le traduire, afin que les Femmes, & ceux même d'entre les Hommes qui ne lisent pas volontiers du Latin, ne fussent point privez d'une lecture si agréable & si utile. Mais je fis réflexion qu'une traduction de ce Livre ne seroit pas bonne pour l'effet que je prétendois. Monsieur Van-Dale n'a écrit que pour les Sçavans ; & il a eu raison de négliger des agrémens dont ils ne feroient aucun cas. Il raporte un grand nombre de Passages qu'il cite très fidellement, & dont il faloit des Versions d'une exactitude merveilleuse lors qu'il les prend du Grec ; il entre dans la discussion de beaucoup de points de critique, quelquefois peu nécessaires, mais toûjours curieux. Voilà ce qu'il faut aux Gens doctes ; qui leur égayeroit tout cela par des réflexions, par des traits ou de Morale, ou même de plaisanterie, ce seroit un soin dont ils n'auroient pas grande reconnoissance. De plus, Monsieur Van-Dale ne fait nulle difficulté d'interrompre très souvent le fil de son discours, pour y faire entrer quelqu'autre chose qui se presente, & dans cette parenthese-là

PREFACE.

Il y enthaſſe une autre parentheſe, qui même n'eſt
peut-être pas la derniere, il a encore raiſon, car
ceux pour qui il a prétendu écrire, ſont faits à la
fatigue en matiere de lecture, & un deſordre ſçavant ne les embaraſſe pas. Mais ceux pour qui
j'avois fait ma traduction ne s'en fuſſent guere
accommodez ſi elle eût été en cet état ; les Dames,
& pour ne rien diſſimuler, la plûpart des Hommes de ce Païs-ci, ſont bien auſſi ſenſibles à l'agrément ou du tour, ou des expreſſions, ou des
penſées, qu'à la ſolide beauté des recherches les
plus exactes, ou des diſcuſſions les plus profondes.
Sur tout, comme on eſt fort pareſſeux, on veut de
l'ordre dans un Livre, pour être d'autant moins
obligé à l'attention. Je n'ai donc plus ſongé à traduire, & j'ai crû qu'il valoit mieux en conſervant
le fond & la matiere principale de l'Ouvrage, lui
donner toute une autre forme. J'avoüe qu'on ne
peut pas pouſſer cette liberté plus loin que j'ai fait ;
j'ai changé toute la diſpoſition du Livre, j'ai retranché tout ce qui m'a paru avoir ou peu d'utilité en ſoi, ou trop peu d'agrément pour récompenſer
le peu d'utilité ; j'ai ajouté non ſeulement tous
les ornemens dont j'ai pû m'aviſer, mais encore
aſſez de choſes qui prouvent ou qui éclairciſſent ce
qui eſt en queſtion ſur les mêmes faits, & ſur les
mêmes paſſages que me fourniſſoit Monſieur Van-
Dale ; j'ai quelquefois raiſonné autrement que lui,
je ne me ſuis point fait un ſcrupule d'inſerer beaucoup de raiſonnemens qui ne ſont que de moi ; enfin j'ai refondu tout l'Ouvrage, pour le remettre
dans le même état où je l'euſſe mis d'abord ſelon
mes vûës particulieres, ſi j'avois eu autant de
ſçavoir que Monſieur Van-Dale. Comme j'en ſuis
extrêmement éloigné, j'ai pris ſa Science, & j'ai
hazardé de me ſervir de mon eſprit, tel qu'il eſt ;
je n'euſſe pas manqué ſans doute de prendre le ſien
ſi j'avois eu affaire aux mêmes Gens que lui. Au

PREFACE.

être que ceci vienne à sa connoissance, je le suplie de
me pardonner la licence dont j'ai usé ; elle servira à
faire voir combien son Livre est excélent, puis qu'assurément ce qui lui apartient ici paroîtra encore
tout-à-fait beau, quoi qu'il ait passé par mes
mains.

Au reste, j'aprends depuis peu, deux choses
qui ont raport à ce Livre. La premiere que j'ai
prise dans les Nouvelles de la Republique des
Lettres, est que Monsieur Mœbius, Doyen des Pro-
fesseurs en Theologie à Leipsic, a entrepris de re-
futer Monsieur Van-Dale. Véritablement il lui passe
que les Oracles n'ont pas cessé à la venuë de Jesus-Christ, ce qui est effectivement incontestable
quand on a examiné la question ; mais il ne lui
peut accorder que les Démons n'ayent pas été les
Auteurs des Oracles. C'est déja faire une bréche
trés considérable au Sistême ordinaire, que de
laisser les Oracles s'étendre au delà du tems de la
venuë de Jesus-Christ, & c'est un grand préjugé
qu'ils n'ont pas été rendus par des Démons, si le
Fils de Dieu ne leur a pas imposé silence. Il est
certain que selon la liaison que l'opinion commune
a mise entre ces deux choses, ce qui détruit l'u-
ne, ébranle beaucoup l'autre, ou même la ruïne
entierement ; & peut-être aprés la lecture de ce
Livre entrera-t-on encore mieux dans cette pensée.
Mais ce qui est plus remarquable, c'est que par
l'Extrait de la Republique des Lettres, il paroît
qu'une des plus fortes raisons de Monsieur Mœbius contre M. Van-Dale, est que Dieu défendit
aux Israëlites de consulter les Devins & les Esprits de Pithon, d'où l'on conclut que Pithon, c'est-
à-dire les Démons se mêloient des Oracles, &
aparemment l'Histoire de l'aparition de Samuël
vient à la suite. Monsieur Van-Dale répondra ce
qu'il jugera à propos : pour moi, je déclare que
sous le nom d'Oracle, je ne prétens point com-

PREFACE.

prendre la Magie, dont il est indubitable que le démon se mêle, aussi n'est-elle nullement comprise dans ce que nous entendons ordinairement par ce mot, non pas même selon le sens des anciens Payens, qui d'un côté regardoient les Oracles avec respect comme une partie de leur Religion, & de l'autre avoient la Magie en horreur aussi bien que nous. Aller consulter un Necromantien, ou quelqu'une de ces Sorcieres de Thessalie, pareille à l'Eritto de Lucain ; cela ne s'apelloit pas aller à l'Oracle, & s'il faut marquer encore cette distinction, même selon l'opinion commune, on prétend que les Oracles ont cessé à la venuë de Jesus-Christ, & cependant on ne peut pas prétendre que la Magie ait cessé. Ainsi l'objection de Monsieur Mœbius ne fait rien contre moi, s'il laisse le mot d'Oracle dans sa signification ordinaire & naturelle, tant ancienne que moderne.

La seconde chose que j'ai à dire, c'est que l'on m'a averti que le Reverend Pere Thomassin, Prêtre de l'Oratoire, fameux par tant de beaux Livres, où il a accordé une pieté solide avec une profonde érudition, avoit enlevé à ce Livre-ci l'honneur de la nouveauté du Paradoxe : en traitant les Oracles de pures fourberies dans sa Métode d'étudier & d'enseigner chrétiennement les Poëtes. J'avouë que j'en ai été un peu fâché ; cependant, je suis consolé par la lecture du Chapitre XXI. du Livre II. de cette Métode, où je n'ai trouvé que dans l'Article XIX. en assez peu de paroles, ce qui me pouvoit être commun avec lui. Voici comme il parle. La véritable raison du silence imposé aux Oracles, étoit que par l'Incarnation du Verbe Divin la Verité éclairoit le monde, & y répandoit une abondance de lumieres tout autres qu'auparavant. Ainsi on se détrompoit des illusions des Augures, des Astrologues, des observations des

PREFACE.

entrailles des Bêtes, & de la plûpart des Ora=
cles, qui n'étoient effectivement que des
impostures, où les hommes se trompoient
les uns les autres par des paroles obscures,
& à double sens. Enfin s'il y avoit des Ora=
cles où les Démons donnoient des répon=
ses, l'avenement de la Verité incarnée avoit
condamné à un silence éternel le Pere du
mensonge. Il est au moins bien certain qu'on
consultoit les Démons, lors qu'on avoit re-
cours aux Enchantemens & à la Magie,
comme Lucain le raporte du jeune Pom-
pée, & comme l'Ecriture l'assure de Saül.

*Je conviens que dans un gros Traité où l'on ne parle
des Oracles que par occasion, très brièvement, &
sans aucun dessein d'aprofondir la matiere, c'est bien
en dire assez que d'attribuer la plûpart des Oracles à l'imposture des hommes, de révoquer en
doute s'il y en a eu où les Démons ayent eu part,
de ne donner une fonction certaine aux Démons
que dans les Enchantemens & dans la Magie, &
enfin de faire cesser les Oracles, non pas précisément, parce que le Fils de Dieu leur imposa silence
tout d'un coup, mais parce que les Esprits plus
éclairez par la publication de l'Evangile, se dés=
abuserent, ce qui supose encore des fourberies hu-
maines, & ne s'est pû faire si promptement. Ce=
pendant il me paroit qu'une question décidée en si
peu de paroles, peut être traitée de nouveau dans
toute son étenduë naturelle, sans que le Public ait
droit de se plaindre de la répetition ; c'est lui remettre en grand ce qu'il n'a encore vû qu'en petit, &
tellement en petit, que les objets en étoient presque
imperceptibles.*

*Je ne sçai s'il m'est permis d'allonger encore
ma Préface par une petite observation sur le stile
dont je me suis servi. Il n'est que de Conversation, je me suis imaginé que j'entretenois mon*

PREFACE.

Lecteur ; j'ai pris cette idée d'autant plus aisément,
qu'il faloit en quelque sorte disputer contre lui : &
les matieres que j'avois en main étant le plus souvent
assez susceptibles de ridicule, m'ont invité à une
maniere d'écrire fort éloignée du Sublime. Il me
semble qu'il ne faudroit donner dans le Sublime qu'à
son corps défendant. Il est si peu naturel ! J'avouë
que le stile bas est encore quelque chose de pis ; mais
il y a un milieu & même plusieurs. C'est ce qui fait
l'embarras ; on a bien de la peine à prendre juste le
sen que l'on veut, & à n'en point sortir.

www.ingramcontent.com/pod-product-compliance
Ingram Content Group UK Ltd.
Pitfield, Milton Keynes, MK11 3LW, UK
UKHW022233120726
13694UKWH00002B/825

9 782013 693714